READ 集美绘

美绘经典系列

去年的树

新美南吉 著
彭懿 周龙梅 译
杜斌 绘

一棵树和一只鸟儿是好朋友。鸟儿站在树枝上，天天给树唱歌。树呢，天天听着鸟儿唱。

吉林美术出版社|全国百佳图书出版单位

选读坊

CINTENTS

假如几百年、几千年后，我的作品能够得到人们的认同，那么我就可以从中获得第二次生命！从这一点上来说，我是多么幸福啊！——新美南吉

内容简介

本书精选了新美南吉所创作的几十篇最著名的童话故事。译文流畅优美，充满童真童趣，最大限度地呈现作品原貌。新美南吉或许是最懂孩子们心情的作家，看他笔下追着红气球的白蝴蝶、望着天空发呆的蜗牛、天真可爱的小狐狸、珍惜友情信守诺言的小鸟……那是一个虽偶有遗憾和忧伤，却始终温暖美好的世界。他那清浅温婉的文字，处处体现着善良博大的人道情怀，就像阳光映照下的明亮的小溪流，在缓缓流动。

Last Year's Tree

一束火苗

新美南吉

当我还是个孩子的时候，我们家住在山脚下的一个小村子里。

我们家是卖灯笼和蜡烛的。

一天夜里，一个牛倌来我们家买灯笼和蜡烛。

“娃子，对不住了，帮我把蜡烛点上吧。”牛倌对我说。

我那时还没有划过火柴呢。

我战战兢兢地抓着火柴杆的一头，划了一下。顿时，火柴头燃起了一团蓝色的火苗。

我把火凑到了蜡烛上。

“呀，谢谢了。”

说完，牛倌把点亮的灯笼挂在了牛车的侧面，走了。

剩下我一个人的时候，我想：

我点亮的火，会到什么地方去呢？

那个牛倌是山那边的人，那火也要随他翻山越岭吧？

在山里，那个牛倌说不定会遇上去别的村子里的过路人呢！

那个过路人也许会说：

“对不起，把你的火借我用用吧。”说着，他就借着牛倌的火，点亮了自己的灯笼。

后来，这个过路人就整整走了一夜的山路吧？

他也许遇见了许多拿着鼓和锣的人。

那些人说：

“我们村子里的一个孩子被狐狸给骗走了，我们正在找呢。对不起，请帮我们点亮灯笼吧！”

他们会跟过路人借火，把自己的灯笼点亮吧？会点亮长灯笼和圆灯笼吧？

后来，这些人就敲锣打鼓地，到山谷里去找孩子了吧？

直到今天我还在想：当时我给牛倌的灯笼点的那一束火苗，一个传一个，一直传到很远的地方去了吧？

谁的影子

新美南吉

镇子中央有一片空地，空地中央有一个圆圆的影子。两个孩子从那里经过。

“这是什么影子？”一个孩子问。

“不知道，是什么呢？”另一个孩子歪了歪脑袋。

说完，他们俩就走开了。

落在邮筒上的麻雀说：

“那是我的影子。”

邮筒嗤嗤地笑了，并且说：

“那么，你飞起来看看吧。”

麻雀飞了起来，可是空地中央的影子并没有动。

“看到了吧，那不是你的影子，证据就是，即使你飞起来，影子也不动！”邮筒说。

“那会是谁的影子呢？”

“当然是我的了。”邮筒微微一笑。

这时，立在邮筒背后的路灯哈哈大笑说：

“邮筒的影子是邮筒后面那条七扭八歪的影子。”

邮筒回头一看，那里果然是自己那条七扭八歪的影子，脸顿时红了。

“那个影子啊，是我的！”路灯说。

这时传来了一阵洪亮的笑声，响彻四方。

它们仔细一看，原来是一只升到高空中的气球。

“路灯的影子是路灯后面那条细长的影子。”气球得意地又说：

“那个影子啊，是我的。”

没错，从那圆圆的形状来看，影子的确是气球的。

再一看，气球的圆影子真是漂亮啊！

麻雀、邮筒和路灯看看气球，又看看圆圆的影子，羡慕极了。

然而，到了傍晚，太阳落山之后，空地中央那个圆影子就消失了。

大家这时才明白，原来影子是太阳创造的。

去年的树

新美南吉

一棵树和一只小鸟是好朋友。小鸟天天在那棵树的枝头上唱歌，树从早到晚听着小鸟歌唱。

可是，寒冷的冬天快要到了，小鸟不得不跟树分手了。

树说：

“再见了，请你明年再来给我唱歌吧。”

“好吧，你要等着我啊！”

说完，小鸟就朝南方飞去了。

春天又来了。原野上和森林里的雪融化了。小鸟又飞回到了好朋友——去年的树那里。

咦？怎么回事？树不见了。只剩下树根还留在那里。

小鸟问树根：

“立在这里的那棵树，到哪里去了？”

树根说：

“被伐木人用斧头砍倒，运到山谷里去了。”

小鸟朝山谷里飞去。

山谷里有一座很大的工厂，传来了“沙沙”的锯木头的声音。

小鸟落在工厂的大门上，问：

“大门大门，你知道我的好朋友树在哪里吗？”

大门回答说：

“你是问树吗？树已经在工厂里被锯成细木条，做成火柴，又被卖到远处的村子里去了。”

小鸟又朝村子里飞去。

煤油灯旁边，有一个小姑娘。于是，小鸟问：

“小姑娘，你知道火柴在哪里吗？”

小姑娘回答说：

“火柴已经烧完了。不过，火柴点燃的火苗，还在这盏煤油灯里亮着呢！”

小鸟一动不动地盯着火苗，然后，为火苗唱起了去年的歌。火苗轻轻地摇晃着，好像很开心的样子。

唱完了歌，小鸟又一动不动地看着火苗。后来，就不知飞到哪里去了。

乡村的春天，山里的春天

新美南吉

春天已经来到了原野上。

樱花开了，小鸟鸣叫。

可是，春天还没有来到山里呢。

山顶上，还积着白雪。

山里头住着鹿一家。

小鹿出生还不到一年，它还不知道春天是怎么一回事。

“爸爸，春天是什么样的啊？”

“到了春天，花就会开。”

“妈妈，花是什么样的啊？”

“花很美丽。”

“是吗？”

因为小鹿没有看见过鲜花，所以它还是不知道花是什么样的，也不知道春天是什么样的。

有一天，小鹿自个儿在山里面转着玩。

这时，“咣——”。

远处传来一个清脆的声音。

“这是什么声音呢？”

接着又是一声：

“咣——！”

小鹿竖起了耳朵听着。很快，它就被那声音吸引，朝山脚下跑去了。

山下是一片辽阔的原野。原野上樱花开了，飘来了好闻的香味儿。

一棵樱花树下，坐着一位和蔼可亲的老爷爷。

看到小鹿走过来，老爷爷折了一枝樱花，别在了它的小角上。

“哈，送你一根簪子。趁天还没黑，快回山里去吧。”

小鹿高高兴兴地回到了山里。

听了小鹿的话，鹿爸爸和鹿妈妈异口同声地对它说：

“‘咣——’的声音，是寺里的钟声。”

“你角上插着的，就是花啊！”

“当花都开了，当飘来一阵阵宜人的花香的时候，就是春天了！”

没过多久，春天也来到了山里，山里各种各样的花都开了。

一年级小同学和水鸟

新美南吉

上学的路上，有一个大水池。

每天早上，一年级小同学们都会从那里经过。

池水中浮动着五六只黑色的水鸟。一看到它们，一年级小同学们就像往常一样，异口同声地唱了起来：

水——鸟，
水鸟。
扎进水里，
就给你糯米团子。

于是，水鸟便咕咚一声，扎进水里去了，就好像听说要给它们糯米团子，所以很高兴似的。因为这些孩子们要去上学，所以没有人手里会拿着糯米团子。

一年级小同学们上学去了。

在学校里，老师这么教导他们：

“同学们，大家不许说谎啊，说谎是件很不好的事情。从前人们说过，如果说了谎，死了以后，就会被红鬼用拔钉子的钳子，把舌头给拔掉的。所以，大家不要说谎啊。听懂了吗？好，听懂了的同学举手！”

大家都举起了手，因为他们都听懂了。

话说放学以后，一年级小同学们又从水池边上经过。

水鸟还在那里，就好像在等候着一年级小同学们放学回来似的，正在水面上朝这边张望。

水——鸟，
水鸟。
……

一年级小同学们又习惯性地唱了起来。

可是，没有人再往下唱了。因为如果再唱“扎进水里，就给你糯米团子”，就等于是在说谎了。今天在学校里，老师不是刚刚教导过他们，不许说谎的吗？

那怎么办呢？

就这么走开了，实在太可惜了。如果那样，水鸟也一定会觉得寂寞。

于是，大家就这么唱了起来：

水——鸟，
水鸟。
不给你糯米团子了，
扎进水里去吧。

水鸟还是兴致勃勃地一头钻进了水里。

小同学们这才明白，原来，以前水鸟并不是因为想要糯米团子才扎进水里的，而是因为听到一年级小同学们在招呼它们，感到高兴，才扎进水里去的。

马棚边上的油菜花

新美南吉

马棚的窗外长着油菜。

油菜还没有开花，但是已经结满了花蕾。

春天马上就要到了。马棚前面的阳光，一天比一天温暖，黑土里开始冒出白白的地气。

在芬芳的香味中，油菜的花蕾渐渐地鼓了起来。

“就快了！”一个花蕾悄声说。

“是啊，马上就可以看到外面了！”另一个花蕾回答说。

花蕾们还没看到过这个世界。它们不知道，这个世界分成地面和天空，中间住着叫人的聪明生物和叫小鸟的温柔生物，也不知道，自己将成为一种叫作花的美丽东西。

于是，每朵花蕾都在想：

“外面是个什么样的地方呢？”

就在这时，从对面的麦田里，今年的第一只云雀飞上了天空。云雀高高地飞了起来，当它就快消失在远方的时候，它用悦耳的声音唱起了歌。

“啾啾——啾啾——啾啾——啾啾——”

云雀的叫声，就像天上下起了金色的雨，落在了马棚旁边的油菜上。

“多么好听的声音啊！”

“是谁能用那么美妙的声音歌唱呢？”

油菜的花蕾们听入了迷，互相悄声说。

这时，花蕾们的头顶上响起了一个粗粗的声音：

“是云雀。”

花蕾们吃了一惊，都不说话了。过了一会儿，当它们镇静下来，又互相悄声说开了：

“刚才那个粗声粗气的声音，是谁啊？”

“准是一个可怕的家伙。”

这时，刚才那个粗声音又响了起来：

“我是马，不是什么可怕的家伙。”

可是，花蕾们还是不知道马是一个什么样的东西。

薄雾一样柔和的春雨，一连下了两三天。雨一停，阳光照下来，比以前更加温暖了。

就在这时，最上面的一朵花蕾终于睁开了眼睛，变成了花朵。紧跟着，花蕾们一个接一个，从上到下，全都开了。

“哎哟，好晃眼啊！”

每一个花蕾开始都是这样叫道。那是因为它们最初看到的世界，太灿烂了！

不久，当习惯了强烈的光线之后，油菜花们开始环视四周，它们看到了树、田地和道路，看到了房子、天空和水。因为看上去太美丽了，所以，花朵们为能降生到这样一个世界而感到高兴。然后，花朵们互相看着彼此的样子，互相闻着彼此身上发出的香味儿。当知道它们都穿着一样的黄衣裳，跟其他树木呀花草呀一样美丽时，它们就更加高兴了。

就在这时，花朵们的头顶上传来了一个声音：

“哎呀，你们开得好漂亮啊！”

花朵们觉得这声音好熟悉，一看，一匹亲切的大马从马棚的窗口里

探出头来。还以为有多可怕呢，原来马这么和善！

“马大婶，这个世界真是一个美丽的好地方啊！”一朵花说。

“可不是嘛，我也很想让儿子赶快看看这个美好的世界呢！”马回答道。

“什么？大婶，你要生小宝宝了？”

“已经生出来了。不过，还闭着眼睛睡觉呢！”

花朵们很想看一看马的小宝宝。可是，窗户那么高，怎么看得到啊！

“哎呀，花朵们！”这时，马大婶说话了。

“怎么还有一个花蕾没有开花呢？”

花朵们吃惊地看了一圈。

“哪里？在哪儿呢？”

“瞧，在那儿呢！”

它们一看，油菜株上果然还有一个没有开花的花蕾。

“怎么回事？”

“还在睡觉吧？”

“它大概还不知道我们已经都睁开眼睛了吧？”

“它大概还不知道春天已经到了吧？”

于是，花朵们便去叫还没有开花的花蕾。

“还没有开花的花蕾，春天已经到了！快到外面来吧！”

这时，就听那个花蕾回答说：

“我已经醒来了。”

“哎呀，是吗？那就快到外面来吧。”

不一会儿，那朵花蕾分成了两瓣儿，从里面露出来一个东西。花朵们非常吃惊，因为它不像花朵们一样穿着黄衣裳，而是穿着洁白的衣裳。

“哎哟，这是怎么回事？你的花瓣儿怎么是白的？”一朵花惊奇地说。

这时，窗户里的马大婶告诉花朵们：

“它是蝴蝶。”

那真的是一只蝴蝶。蝴蝶跟花朵不同，它有翅膀，可以飞来飞去。等这只蝴蝶翅膀硬了，它就会乘风飞翔，一会儿飞过马棚的屋顶，一会儿朝小河上飞去。不过，因为这只蝴蝶是跟油菜花的花朵们一起长大的，所以它跟油菜花的花朵们非常要好。

“蝴蝶！”不会飞的花朵们说，“不知道马宝宝的眼睛睁开了没有？你去看看好吗？”

蝴蝶立刻从窗口飞进了马棚。

“马阿姨，你好！”

“哎哟，是蝴蝶啊，你好！”

“小宝宝的眼睛睁开了吗？”

“今天早上才睁开。”

蝴蝶一看，马宝宝正在地上的干草里，乖乖地睁着圆圆的眼睛呢。

音乐钟

新美南吉

二月里的一天，在原野一条偏僻的路上，一个十二三岁的少年和一个三十四五岁、怀抱皮包的男人，朝着同一个方向走去。

这是一个风和日丽的日子，霜已经融化了，道路泥泞。

人影映在枯草上。乌鸦发现了两个人的身影，惊慌地向堤坝那边飞去，飞过堤坝时，乌鸦那乌黑的脊背在耀眼的阳光下，闪了一下。

“小朋友，你一个人到哪里去呀？”

男人跟少年搭讪。

少年插在兜里的手前后摆动了三下，露出亲昵的笑容。

“进城去啊。”

男人像是在想：这孩子倒是不认生呢！

于是，两个人就开始聊了起来。

“小朋友，你叫什么名字？”

“阿廉。”

“阿连？你叫连平呀？”

“不对。”

少年摇了摇头。

“那就是连一。”

“不是的，叔叔。我就叫阿廉。”

“是嘛。怎么写？是连队的连字吗？”

“不是。一点，一横，一撇，再点两点……”

“好难写呀！叔叔可不认得那么难写的字呀。”

少年用碎木片，在地上写了一个大大的“廉”字。

“嗯，果然是个难认的字呀！”

两个人又向前走去。

“叔叔，是清廉洁白的廉字呀。”

“噢，是清廉的廉呀。”

“清廉洁白就是不做任何坏事，即使是到了上帝面前、被警察抓住，也不害怕的意思。”

“是嘛，被警察抓住也不害怕啊。”

“叔叔，你在连队里待过吗？”

“嗯，那是很久以前的事儿了。”

“不会叫你回去吗？”

“不会，因为我一直待在别的地方。”

“什么地方？”

“跟连队差不多的地方。”

说着，男人笑了笑。

“叔叔，你的大衣兜真大呀！”

“嗯，那是因为大人的大衣大，所以兜大。”

“暖和吗？”

“衣兜里吗？那当然暖和了，热乎乎的，就像装着个暖炉一样。”

“我把手伸进去试试行吗？”

“小家伙，亏你说得出来。”

男人笑了。不过，就是有这样的少年，一旦熟了之后，不去摸摸对方的身体，不把手伸进对方的兜里就不甘心。

“可以伸进来。”

少年把手伸进了男人大衣的兜里。

“什么呀！一点都不暖和。”

“哈哈，是嘛。”

“还不如我们老师的兜暖和呢。早上我们上学时，轮流着把手放进老师的兜里去。就是木山老师。”

“是嘛。”

“叔叔的兜里好像有个又硬又凉的东西，是什么呀？”

“你猜是什么？”

“是用金属做的……好大啊……上面好像有发条那样的东西。”

突然，从男人的兜里传出了优美的音乐声，把他们俩都吓了一跳。男人连忙压住兜盖，可音乐没有停下来。男人环视了一下四周，见除了少年之外没有别人，这才松了一口气。如同天堂里的小鸟在歌唱一般优美的音乐，还在继续响着。

“叔叔，我知道了，这是闹钟吧？”

“嗯，叫音乐钟。你碰到了发条，所以就响了起来。”

“我很喜欢听这种音乐声。”

“是嘛，你听过这音乐？”

“嗯。叔叔，我能把它从兜里拿出来吗？”

“不用拿出来。”

这时，音乐声停了。

“叔叔，再让我听一遍好吗？”

“嗯。没有别人听到吧？”

“叔叔你为什么要那么东张西望的呢？”

“因为要是给别人听到了，人家会觉得奇怪的。一个大人，却在摆弄小孩的玩具。”

“那倒是。”

男人的兜里又响起了音乐声。

他们俩听着那音乐，默默地走了一段路。

“叔叔，你走路的时候总是带着这个玩意儿吗？”

“嗯。奇怪吗？”

“有点怪。”

“为什么？”

“我常去玩的那家药店的大爷家里，也有一个音乐钟，可他们像把它当宝贝似的，放在橱窗里。”

“原来你常去那家药店玩呀。”

“嗯，常去。因为我们是亲戚。叔叔你也认识他们吗？”

“嗯……叔叔也沾点亲。”

“药店的大爷可爱惜那只音乐钟呢，怎么也不肯让我们这些小孩子碰……啊，又停了。再让我听一遍好吗？”

“你还没完没了了！”

“就再让我听最后一遍吧。啊，叔叔，好吗？啊，啊，响起来了。”

“你这个小家伙，自己弄响了，还装蒜，真鬼呀！”

“不是我。我的手只稍微碰了它一下，它就响起来了。”

“别装蒜了。后来呢，你常去那家药店吗？”

“嗯，离我家很近，所以我常去。我跟大爷很要好。那个大爷是日俄战争的勇士，他的左胳膊上还留着子弹的伤痕呢！”

“是嘛。”

“不过，他怎么也不肯给我们讲日俄战争的事。”

“是吗？”

“大爷说俄国使用了机关枪。”

“是吗？”

“大爷还说，他当时昏死过去了，后来醒了，发现自己在俄国兵中间，就拼命地逃了出来。”

“是嘛。”

“不过，他怎么也不肯提那些事。他说，音乐钟是凯旋归来时在大阪买的。”

“是嘛。”

“不过，他怎么也不肯给我听音乐钟。音乐钟一响，大爷的脸就会沉下来。”

“为什么？”

“大爷说，他一听到音乐钟的声音，不知为什么就会想起周作来。”

“哎？……是嘛。”

“周作是大爷的孩子。是个不良少年，学校一毕业，就不知去了什么地方。已经是很久以前的事了。”

“那药店的大爷是怎么说那个叫周作的……的儿子的？”

“说他是个混帐东西。”

“是吗？是呀，是个混帐的东西。哎呀，已经停了。小朋友，只能听最后一次了啊。”

“真的？……啊，多好听的声音呀！我妹妹彩子特别喜欢音乐钟，哭着闹着要在临死前再听一遍那种声音，我就跑到药店大爷那儿借来给她听了。”

“……她死了吗？”

“嗯，前年过节前死的。林子里还有她的坟呢，就在爷爷的坟旁边。彩子的坟，是爸爸用从河滩上捡来的大圆石头垒成的。她还是个孩子呢！后来，在她的忌日那天，我又从药店借来了音乐钟，在林子里给彩子听。它在林子里响时，会发出很清脆的声音。”

“嗯……”

两个人走到了一个大池塘边上。只见对面有两三只黑黑的水鸟浮在水面上。看到它们，少年从男人的兜里抽出手来，拍着双手，唱了起来。

“䴙䴘①，
䴙䴘，
来吃糯米团，
快快钻过来！”

听了少年唱的歌，男人说：

“现在还在唱这首歌吗？”

“嗯，叔叔你也会吗？”

“叔叔小时候，也是这样叫着䴙䴘玩来着。”

---

①䴙䴘：外形如鸭，嘴直而尖，又名“水葫芦”。

“叔叔小时候，也常走这条路吗？”

“嗯，直到去城里读高中的时候。”

“叔叔，你还会回来吗？”

“嗯……还不知道怎么样呢。”

他们来到了一个岔路口。

“小朋友，你往哪边走？”

“这边。”

“是吗？那就再见了。”

“再见。”

剩下少年一个人的时候，他就又把手插在兜里，蹦蹦跳跳地走了起来。

“小朋友，等一下。”

男人从远处叫道。少年一下子站住了，向那边望去，因为男人冲他不住地挥手，所以，他又走了过去。

“喂，小朋友。”

少年走近后，男人显得有些难为情地说：

“说实话，小朋友，叔叔昨晚就在那家药店里住了一夜。可是，今天早上离开时，稀里糊涂的，错把药店的钟给带出来了。”

“……”

“小朋友，实在对不起，我错把这只钟，还有这个带出来了。”他从大衣里面的兜里掏出一个小怀表，“麻烦你帮我还给药店吧。啊，行吧？”

“嗯。”

少年两手接过音乐钟和怀表。

“你就替我跟药店的大爷说一声吧。再见！”

“再见！”

“小朋友，你叫什么名字来着？”

“清廉洁白的廉呀。”

“嗯，对了，清廉……”

“洁白！”

“嗯，洁白。记住，你一定要做一个诚实的人。这回真的要再见了。”

“再见。”

少年两手拿着钟和表，目送着男人走了。男人的身影渐渐变小，不久就消失在稻草垛那边了。少年快步走了起来。走着走着，好像觉着有什么不对头，就歪了歪脑袋。

过了一会儿，少年身后有一辆自行车追了上来。

“哎呀，药店大爷！”

“噢，阿廉，是你呀。”

一个上了年纪的大爷，脖子上围着一圈又一圈的围脖，从自行车上跳了下来。紧接着，话还没来得及说，就是一阵上气不接下气的咳嗽。那咳嗽声，如同冬夜风吹枯木树梢发出的呼呼声。

“阿廉，你是从村里走到这里来的吧？”

“嗯。”

“那你没跟一个从村里出来的男人一起走吗？”

“一起走啦。”

“哎呀，这，这钟，你怎么……”

老人的目光落在了少年手上抱着的音乐钟和怀表上。

“他说在大爷家拿错了，让我还回去。”

“让你还回去？”

“嗯。”

“是吗？那个混帐东西！”

“哎呀，他是谁呀？大爷。”

“他呀……”

说着，老人又咳嗽了半天。

“他就是我家周作。”

“哎？真的？”

“昨天，隔了十年回家来了。他口口声声地对我说，这么些年净做坏事了，这回要改邪归正，在城里的工厂好好干活，我就留他过了一夜。没想到今天早上趁我不注意，他老毛病又犯了，偷走了这两只表。那个混蛋！”

“不过，叔叔说是拿错了，不是真的想拿走。他还对我说，人一定要清廉洁白。”

“是吗？……他真那么说了吗？”

少年把两只钟表交给了大爷。老人接过钟表时，手颤抖着，一下碰到了音乐钟的发条。于是，那优美的音乐声又响了起来。

老人、少年和立在那里的自行车，在辽阔的荒野上投下影子。他们久久地、入迷地听着。老人的眼里浮现出了泪花。

少年的视线离开老人，朝刚才那个男人消失的稻草垛那边望去。

原野尽头的天边飘着一朵白云。

和太郎和他的老牛

新美南吉

一

大家都说和太郎有一头好牛，实际上，已经是一头老牛了，走起路来晃晃悠悠，屁股上的肉松松垮垮的，肋骨有几条也数得清。即使是拉着空车，它也会马上伸出舌头，痛苦地喘息。

“这么老的牛，有什么好？和太郎真是个傻瓜。何必等它老到这种地步呢，早就应该把它给卖了，买头年轻力壮的。”

次郎左卫门说。

他年轻的时候，曾经在东京送过报纸，还在一个外国传教士家里做过佣人，吃尽了苦头。不过，因为他喜欢讲大道理，厌倦了工作，所以又回到了村里。

尽管他这么说，但是对于和太郎来说，那头老牛还是挺不错的。

这是为什么呢？

人嘛，谁都有点坏毛病，和太郎也是。别人

一提起这个坏毛病，他便不好意思地挠挠头，甚至还会顺手去挠挠后背上发痒的地方。这个坏毛病就是他爱喝酒。

从村里到镇子的半路上，有一棵大松树，正好长在路边，树下面有一家茶馆。一棵松树下面有一家茶馆，这对于和太郎来说，太致命了。也就是说，松树便于拴牛，而茶馆呢，又是爱喝酒的人进去喝一盅的好地方。

因此，和太郎每次路过那里，都会不由地把牛拴在松树上，然后溜溜达达地走进茶馆，喝上一盅。

本来，和太郎是打算就喝一盅的。可是喝着喝着，人的想法是会变的。想着再喝一盅，再喝一盅，一个小时的工夫，一晃就过去了。天也正好黑了，就又坐下来喝："反正已经到这个时辰了，干脆等到月亮出来再走吧。总比摸黑回去好过。"

不久，月亮出来了。无论是油菜花盛开的时节，还是稻子插秧的时节，只要月亮一出来，原野上便会呈现出一派明亮秀丽的景色。

不过，其实月亮出不出来对于和太郎都无所谓了。

因为这时候的和太郎已经喝得酩酊大醉，眼睛都睁不开了。

你看，和太郎已经分不清哪是牛，哪是松树了。本打算去解拴在松树上的缰绳，可是却在牛肚子那里摸来摸去。

无奈，茶馆的阿吉婆只好帮他把缰绳解开。阿吉婆还点上了一盏长筒灯笼，帮他吊在牛车的车板后面。总之，醉汉总是会给人添麻烦的。

和太郎不仅给阿吉婆添麻烦，接着还要给老牛添麻烦呢。刚走了两三百米路，和太郎就琢磨开了，"这夜路怎么这么长啊！"于是，把缰绳往牛角上一搭，自己爬上了牛车。

只要这样，就是夜路再长，和太郎也不怕了。他还没有忘记防备睡着了，从牛车上掉下来，便把绑行李的绳子和自己帽子上的绳子系到了一起。

等他醒来的时候，已经到了自己家的院子里了。牛很记路，把他拉回到家里来了。

这种事情屡屡发生。牛从来没有走错过路，也从来没有把和太郎带到海边或是不认识的村子里去过。

所以，尽管这头牛又老又寒碜，但对于和太郎来说，确实是一头能派上用场的好牛。如果听信次郎左卫门的话，把这头牛卖掉，换成一头年轻力壮的小牛的话，下回和太郎喝醉酒醒来的时候，还不知在什么地方呢！说不定醒来一看，是在二十多里外的名古屋城大街上，或是惊讶地发现是在这座半岛尖临海的悬崖上呢。当然，如果是一头年轻力壮的牛，一个晚上跑十几里路也算不了什么。

因此，大家都说：

“和太郎有头好牛啊！”

还有人说：

“简直就像是一个细心体贴的好媳妇儿。”

二

接下来，再说说和太郎的媳妇儿。

关于和太郎的媳妇儿，有一段辛酸的往事。

和太郎年轻的时候，也和普通人一样娶了一个媳妇儿。

以前，他一直与老母亲相依为命，母亲一只眼睛已经看不见了，自从年轻的媳妇儿过门以后，和太郎的家里每天都像过节一样，欢天喜地的。

媳妇儿美丽勤劳，和太郎和母亲都很高兴。

可是有一天，和太郎发现了一件奇怪的事情。一家三口吃饭的时候，媳妇儿总是把脸扭到一边，对着墙吃饭。

开始和太郎没做声，连续观察了十天。媳妇儿一直是脸对着墙吃饭。

和太郎终于忍不住了，就问：

“难道你脸不扭过去就咽不下去饭吗？还是我们家墙上有什么奇怪的地方？”

听了问话，媳妇儿什么也没有说，低着头，将拿着筷子的手放到了膝盖上。

后来，只有小两口的时候，媳妇儿小声对和太郎说：

“我一看到你母亲那只瞎了的眼睛，心里就恶心。瞎了的那只眼睛翻着红肉，一看到那，我就咽不下去饭，所以才把脸扭到一边去的。”

“是这么回事啊！可是母亲不是闹着玩才把眼睛弄瞎的啊，是在田里割草时，给稻叶尖儿戳瞎的。”

和太郎说。

“我也不知道怎么搞的，一看到那只翻着红肉的瞎眼睛，心里就感到恶心。”

媳妇儿还是这么说。

“但是，母亲是被稻子戳瞎了眼，她就是这样才把我养大的。”

“可我看着那只瞎眼就是咽不下去饭。”

剩下和太郎和母亲两个人的时候，和太郎对母亲说：

“千代说她看着母亲的那只瞎眼心里恶心，咽不下去饭。”

听了这话，老母亲停下了打豆子的手，神情悲伤地沉默了一会儿。然后说：

“也难怪她了。对着这么个残废，年轻姑娘心里当然不舒服了。我早就想过了，等媳妇儿上了门，我就不给你们添麻烦了，找个什么地方去做佣人。这样吧，明天我就去升半先生家去做佣人。听说那里正好需要一个做饭的老太太呢！”

第二天，老母亲用包袱皮裹了几件行李，打着把洋伞，顶着烈日离开了家。她穿过门前像火一样盛开的杜鹃花丛，向远处走去。

和太郎一边修整田里的篱笆墙，一边目送着母亲。母亲渐渐远去了，火红的杜鹃花刺得和太郎眼睛发酸。

和太郎终于忍不住哭了起来。母亲已经这么大年纪了，怎么能让她去别人家里做工呢？让一个勤勤恳恳干了一辈子活儿，把自己这个独生儿子一手拉扯大的母亲去……

和太郎手里攥着一条绳子头就追了上去，一把抓住母亲的手，一声不吭地就把母亲拽回了家。

“喂，喂，千代！”

媳妇儿擦着手从厨房里走了出来。

“你不是想过几天有事回娘家吗？

“是啊。”

“那你今天，现在就回去吧。”

能回自己久别的娘家，媳妇儿高兴得不得了，马上就换上了好衣裳。

“娘家没有竹笋吧？带些去吧，蜂斗菜也多拿些。”

和太郎说。

媳妇抱着一大包礼物，出了大门，说：

“那我去去就回来。”

“啊，你走吧，也不用再回来了。”

和太郎说。

媳妇惊呆了。但是，和太郎决心已定，无法再改变了。

和太郎与媳妇儿就这样分手了。

后来，到处都有人来为和太郎说亲，不过，和太郎一直没有再娶。有时他也想过，要不再娶一个吧，可是一看到墙壁，就又改变了主意，“还是算了吧”。

但是，没有娶媳妇儿的和太郎有一点遗憾之处，那就是没有孩子。

母亲年纪大了，身体渐渐地缩小了。和太郎现在虽然是个壮年汉子，但很快也会变成一个老头子的。过不了多久，牛屁股还会更加枯瘦，肋骨也会变得像木头架一样，最后死去。那样下去，和太郎家就会绝种的。

和太郎常常想，媳妇有没有都无所谓，但是很想要个孩子。

三

得到别人的照顾之后，人都会想到要报答。然而，得到牛马的照顾之后，人却很少这样想。因为即使不报答，牛马也说不出什么来。和太郎觉得，这样太不公平，太不应该了。他想报答一下平时照顾他的老牛，让老牛开开心。

正好这时，这个机会来了。

农村的黄昏，总是那么祥和，洒满了金光。这天，正好是这样一个春天里的黄昏。夕阳的余辉柔和地洒在遮住了羊圈的窗户大麦穗上。

和太郎赶着老牛车，走在去镇子的路上。

他平时心情就好，今天脸上更是喜气洋洋的。因为车上拉的是酒桶。

人家让他把酒桶从邻村的酒店运到镇上的醋店去。酒桶里装着酒渣，酒渣就是酿酒时沉积在桶底的乳白色的浑浊液体。

酒桶每摇动一次，都会发出“咕咚”“咕咚”的沉闷声响。于是，酒香便会在恬静的黄昏中，向村民们的家里飘去。

和太郎一路喜气洋洋地想着，要是总有人让自己运这样的货物就好了。啊，光是听着这声音，就可以忘掉世间的苦恼。刚想到这儿，就听“嗵”的一声巨响。

他一看，原来是一个桶盖飞了。牛车正好在爬坡，车子一斜，白色的酒渣如同瀑布一样流了出来。

“哎呀，哎呀！”

和太郎叫了起来，可是已经晚了。酒渣溅了一地，流到了洼处，散发出更加醉人的浓郁酒香。

闻到了酒香，喜欢喝酒的农民和老年人围了上来。就连住在村边的阿时婆也跑来了，可想而知，酒渣味儿已经飘遍了全村。

人们纷纷围了上来，和太郎正围着牛车团团转呢。

“这可不是我的过错，酒渣这玩意儿一摇晃是会膨胀的。在牛车上被咣咣当当颠来颠去，当然会膨胀的。再加上这天也太热，就更会膨胀了。”

和太郎把应该向老板解释的理由，对村民们说了一遍。

“是啊，是啊。”

人们随声附和，望着一片沉积在路上的酒渣，咽了咽唾沫。

“这下可不好办了。这样下去，会被土吸光的。”

一位上了年纪的老农，将稻秸在酒渣里浸了浸，边吸边说。

大家伙儿真的觉得，如果这样下去，酒渣会被土吸光的。就在这时，和太郎想出了一个好主意。

和太郎把牛脖子上的夹板解开，把牛带到了酒渣洒落的地方。

“来，把它舔了吧。”

牛把头贴在酒渣上面，愣了一会儿。它是在闻味儿呢，好像在判断这玩意儿好喝不好喝似的。

在旁边围观的农民们都憋住气，想看看牛会不会去喝酒。

牛伸出舌头，舔了一口。然后，又一动不动了。一定是在嘴里品味呢。

在旁边围观的农民们气憋得太久，都快喘不过气来了。

牛又舔了一口。接着，就一口接一口地埋头舔了起来，还呼哧呼哧地喘着粗气。

“看来牛这种畜生，还蛮喜欢喝酒的呢。”

一个农民感叹地说。

其他人都为自己不是牛而感到遗憾。

和太郎高兴地看着牛津津有味儿地舔着酒渣。

“喂，你就放心地舔吧。总是得到你的照顾，我正想报答报答你呢。不过，怎么也没想到你会喜欢喝酒啊。”

眼前的酒渣舔干净了之后，牛又向前迈了一步，开始舔别处的酒渣。

“牛的酒量还真够大呀！”

村民们如同没有得到想要的东西似的，丧气地说。

“你可以舔个够！”

和太郎一边抚摸着牛的脊背一边说。

“痛痛快快地舔吧，醉了也没关系，今天我来照顾你。今天是我这辈子向你报恩的日子。”

牛终于把地上的酒渣全舔干净了。天已经有点黑了，和太郎又把牛套回到夹板上。

夕阳投下了蓝色的光影，喝足了酒的老牛和以为已经报答了平日之恩的和太郎，心满意足，慢悠悠地走在马路上，路边篱笆上的木莓花泛着白光。

四

和太郎决定，今天绝不能喝酒了。用和太郎的话来说就是，既然牛喝了酒，赶牛人再喝，那就太没出息了。

但是在回家的路上，和太郎必须从松树和茶馆前面经过。也有一条稍微绕远的路，但要经过火葬场。

和太郎心想，今天没问题，他自言自语地说：“我也是个知道掌握分寸的人啊。”

说完，就朝松树和茶馆那边走去。

爱喝酒的人一闻到酒味儿，想法就会变的，和太郎也不例外。当走到茶馆前面时，他便觉得自己那坚如磐石般的决心，像豆腐渣一样，一下子就土崩瓦解了。

实际上，和太郎在让牛舔酒渣的时候，就已经难以控制自己的酒瘾了。这一欲望到了茶馆前面，突然又开始抬头了。

和太郎一边把缰绳拴在松树粗壮的树干上，一边宽慰自己说：

“嗨，喝上一盅，没什么了不起的。”

老牛和往常一样，老老实实地待着。

和太郎搓着手进了茶馆。

一切又是老样子。和太郎嘴里说就喝一盅，就喝一盅，可时间不知不觉过去了，空酒壶越来越多。

茶馆的阿吉婆也又像往常一样，百般照顾和太郎，帮他把缰绳从松树上解下来，又给他点上了一盏灯笼。

只有一点与往常不同，那就是牛趴在了地上。阿吉婆没注意，结果差点给牛绊了一跤。和太郎叫道：

“宝贝儿，快起来！”

牛粗声粗气地哼哼了两声，却没有起来。

“宝贝儿，你是不是肚子疼啊？快起来！”

说完，和太郎使劲儿拉了一把缰绳。

牛懒洋洋地挪动着身子，先翘起了屁股，然后，双膝跪在地上，呼哧呼哧地喘了半天气。

“哎呀，这可怎么好？这牛怎么像铁匠铺的风箱似的，呼呼直叫啊！”

“简直像个醉汉！”阿吉婆说。

听了这话，和太郎才想起来，牛也喝了不少的酒。他觉得好笑，就哈哈大笑起来。

“准是喝多了！”

费了好大的劲儿，牛的前腿才站起来，和太郎终于开始往家走去。

往常，和太郎赶着牛车走了很久，茶馆的阿吉婆都能听到车轮行在乡间小路上，发出咕隆咕隆的声响。可是这天，立刻就听不到了。阿吉婆觉得奇怪，不过，也没怎么往心里去。反正赶车的和老牛都喝得醉醺醺的，谁知他们要到哪儿去？要干什么？

五

和太郎的老母亲轱辘轱辘地转动着纺车，不时地抬起头，用一只眼睛看看墙上的挂钟，等到了深夜。

过了一会儿，被煤烟子熏黑了的破挂钟，像一个患了气喘病的老汉，喘了老半天，才敲响了11点。

平常，11点一过，外面就会传来牛车的声音。可是今天晚上怎么搞的？

过了十分钟，还听不到牛车声，母亲担心起来。她一边拍去膝盖上的棉絮，一边走出门去张望。

好亮的月亮啊！家家户户都已经沉睡，房顶上的瓦片湿漉漉、亮晶晶的。白茫茫的马路一直伸向远处。可是远处也看不见和太郎和牛车的影子。

和太郎只有几次夜里没有回家。和太郎什么时候在外面住的，母亲记得清清楚楚。和太郎上小学的时候，学校组织去伊势神宫参拜时，在外面住了两个晚上；和太郎年轻的时候，与村里的年轻人一起去吉野山的时候，住了五个晚上；还有，也是年轻的时候，每年村里有节日活动的时候，夜里和太郎和其他年轻人轮流守护着花车。除此之外，他从来没不回家，在外面过夜过。于是，母亲渐渐担心起来。

11点20了，和太郎还是没有回来，母亲终于坐不住了。她跑到了派出所，找警察商量。

芝田警察以为出了什么事，连忙在灯下穿好黑警裤，一边往腰里挂马刀，一边从楼上跑下来。

当他听了老母亲的话，便稍微松了一口气，说："一定是和太郎又喝醉了！"

"但是从来没有这样过。他那种人，即使喝醉了，11点也会回来的啊！"和太郎母亲说。然后，又说，都11点20了还没回来，肯定是半路上遇上打劫的了。

芝田警察对她说，在这样安定的年代里，是很少有人拦路抢劫的。和太郎总是喝得不省人事，被牛给送回来，所以，今晚可能是牛出了点什么事儿，迟回来二三十分钟，牛不会那么守时的。

可是，和太郎母亲坚持自己的意见，芝田警察终于妥协了，说："好吧，那就搜索一下吧。"

往常，村里出了事，村里的青年团就会协助派出所的警察，于是，芝田警察把团员们召集了起来。很快，青年团员们就穿好制服，打上绑腿，手持棍棒跑来了。不光是青年团的团员和一些成年人，连驼背的老爷爷都跑来了。

说起来，这个村子已经几十年没有发生过半夜里人失踪的事件了。上次，烧荒把西山脚下的茅草屋给烧着了，青年团协助芝田警察扑灭了火灾。但那个事件很简单，可这次的事件没那么简单。到底从哪里搜索起好呢？

这时，一个叫富铁的大鼻子老爷爷想出了个好主意。

那是四十多年前的事件了，村里一个小商贩到坂谷采购油炸果子回来的路上，被六贯山的狐狸给迷住，走失了方向。当时，村里的人们敲锣打鼓在山谷里到处寻找，最后，在山泉中找到了头缠毛裤、失魂落魄的小商贩，小商贩还一个劲儿地说："这温泉太舒服了！这热水太舒服了！"

富铁老爷爷对此事了如指掌，他给大家详细地讲述了一遍。这也不足为奇，因为被狐狸迷住的小商贩就是他本人。

听了富铁老爷爷的讲述，大家觉得和太郎也有可能被狐狸迷住了。因为经常可以看到狐狸在六贯山里出没，寒冷的冬夜，在村子里还能听到狸猫的叫声。另外，即使没有被狐狸或狸猫迷住，喝醉酒的人，跟被迷住的人也差不多。

于是，大家找来了敲打的家伙。钲是从寺院里借来的，就是出殡报时的那种钲。鼓是更夫一边喊"小心火烛——"，一边咚咚敲打的那种声音沉闷的大鼓。曾经多次做过吉野山参拜向导的龟菊说，他好久没有吹螺号了，就从宝藏仓里取出了螺号，试着吹了吹，想不到，螺号只发出了几下嗤嗤的声音，根本吹不响。

龟菊说："可能是裂缝了。"

然而他儿子龟德一吹，螺号却发出了响亮的声音。

龟菊明白了，是自己老了，人老了，不中用了。

青年团里吹喇叭的林平拿来了一把明晃晃的喇叭。有了这家伙，就是几里以外也可以听得见，林平心里得意地想。

男人们每人手里打着一盏灯笼，进了山，又敲钲，又敲鼓，又吹螺号。林平不知吹个什么调子好，他试着吹了起床号、进行曲和冲锋号，但是，觉得都不适合寻找被狐狸迷住的人和牛，最后，干脆不成调儿地嘟嘟吹了起来。这时，喜欢取笑别人的龟菊说了一句“简直就像大象放屁”，林平听了很不高兴。龟菊虽然这么说，其实他也没有听过大象放屁。

大家到处寻找，在山谷里、灌木丛以及水池边上，找来找去，不知找了多少遍。这样下去，倒像是自己被狐狸迷住了似的，大家一边想，一边在水池边上又绕了一圈。

人们已经精疲力竭了，螺号和喇叭都不响了，只听见偶尔发出沉闷的鼓声。大家伙儿就这么找啊找啊，可是最后也没找到和太郎和他的牛。何止如此，连他们中间的两个人也走散了，不知跑到哪里去了。哎呀，再这样找下去也是白搭，搞不好自己还会倒搭进去。

水池的水面开始微微发亮了。这时，水池对岸的灌木丛里，一只老黄莺轻轻地叫了起来。大家想，早晨到了，就回村去了。

六

村里的人们一夜没有休息，再加上是在山里绕来绕去，最后都疲惫不堪地回到了村里。他们先来到派出所门前，可是已经累得站不住了，于是一个个坐在了路边的草地上。

这时，就见从西面学校那边来了一辆牛车，人们呆呆地望着，心想，已经到上工的时间了。

牛车从派出所门前经过时，车上的男人说：

“哎呀，你们今天可真早啊！你们这是要去修公路吗？”

大家觉着男人很眼熟，仔细一看，原来是和太郎。

“你这个家伙呀！我们就是为了找你，在山里头走了一夜！”龟菊说。

“是吗？那你们可够辛苦的！”

说完，和太郎连车也没下，就径直回家去了。

太不像话了！村里人目瞪口呆了。早知如此，真不该兴师动众地去山里找他。

老人们说，这回大家得好好训斥一下和太郎，否则，他改不掉这个坏毛病。于是，大家揉着困倦的眼皮，一齐拥到了和太郎家。

和太郎正在院子里把老牛从夹板上解下来，用盆子打水给老牛喝。

“喂，和太郎！”村里那个能说会道的次郎左卫门先说话了。

“你知道你给村里的人们添了多少麻烦吗？我们这些人昨天晚上可是一夜都没合眼啊，大家伙儿从山里找到谷底，又从田里找到原野，就是为了找你，你难道一句感激的话也没有吗？”

听这话，似乎次郎左卫门也参加搜索了，其实他一直都在家里睡大觉，刚刚才来。

听次郎左卫门这么一说，和太郎惊呆了。他觉得很对不住村里人，于是，一连说了十三遍“那可真对不住大伙儿了”。每说一句，都会去挠挠头，或是抓抓背后的痒痒。最后，还解释说，是因为自己和老牛都喝醉了，所以才发生了这样的事。

村里人都是些好心人，很快就消了气。随后，大家向和太郎提出了各种问题。

“和太郎，你到底溜达到哪里去了？”

龟德问。

和太郎歪着头回答说：

“我也不知道去了哪里，只记得一会儿偏右，一会儿偏左，一会儿爬到高处，一会儿又下到洼地。”

“路上也没点灯？”芝田警察问道。

“怎么没点灯？你看，灯笼不是在这里吗？”

说完，和太郎就把头钻到了牛车下边。

可是，灯笼只剩下了一半。大概是被水打湿的，灯笼纸都破了，灯笼骨架像个散了线的线轴，散了架，大概也是因为半路上被什么东西给挂住了，全都断了。

“被水打湿了，所以才成了这个样子。”

和太郎把剩下一半的破灯笼摘了下来。

“可不是嘛，牛车，老牛，和太郎的衣裳全都湿了，这夜露还挺大的。”不知是谁说了一句。

“说不定是从哪个水池里蹚过来的吧？”龟德说。

“怎么可能？”

和太郎见母亲在旁边，连忙否认。他不想让母亲担心。

可是，和太郎再怎么否认也没用了，大鲫鱼、龙虱和小乌龟已经从和太郎怀里钻了出来。这些东西只有水池里才会有啊！也就是说，和太郎的牛车是从哪个水池子里蹚过来的。

“这黄色的花是什么花？”又不知是谁说了一句。大家一看，瘦老牛的前蹄缝儿里夹着一片黄色的花瓣。

“好像不是连翘花，这一带没见过这种花。”一个人说。

“那是金雀花，这一带很少见。大约往南走八里多路，在六贯山的山顶上有一片金雀花的花丛在盛开。据说，六贯山的狐狸，在圆月当空的夜晚，会躲在花丛后面学人拉胡琴。”花匠阿安说。

和太郎无奈地说：

“真丢人，可能也去了那里。我说怎么会有那么气派的房子呢！席子，隔扇，天花板，都是黄色的。说起来，是有一位直竖着耳朵的老艺人，在悠扬地拉着胡琴。原来是狐狸呀！”

“但是牛车怎么会爬上那么陡的山顶呢？”村里人觉得不可

理解。

“总之，是我不好。老牛和我都喝醉了。”和太郎又道歉说。

到了最后，还有一件让村里人和和太郎更莫名其妙的事。

那就是牛车上挂着一只小篮子，篮子里面装了一把花和一个胖乎乎的男娃娃。

在什么地方，为什么这只篮子挂到了牛车上，和太郎费了好大劲儿，可是怎么也想不起来。

“大概是老天爷赐的吧！”龟德说。

“和太郎平时老说，不想要老婆，但是想要个孩子，结果让老天爷听到了，所以就赐给你了吧。”

和太郎满脸喜悦，心想，龟德说得太对了。

可是次郎左卫门却说：“如今怎么可能有这种荒唐的事情！孩子一定要有父母的！”

芝田警察又摆弄着胡子说："是个弃婴吧？过几天到派出所来一趟吧，我要写一份调查报告给总署。"

后来，和太郎一直等待婴儿的父母出现，可是最终没有人来认领。

于是，他就给孩子起了个名，叫"和助"，并收留了他，认做自己的孩子。

从此以后，一高兴他逢人便说：

"和助是老天爷赐给俺的。是俺和老牛喝醉酒的那天晚上，老天爷赐给俺的。"

一听这话，能说会道的次郎左卫门就会摆出大道理说：

"如今怎么可能有这种荒唐的事情！孩子一定要有父母的！如果喝醉酒，在路上走走，老天爷就会赐给孩子，那这世上还需要法律干什么？"

不过，和太郎也不甘示弱，说："世上的事情不都是大道理能讲得通的，就是有很多不可思议的事情。"

话说这个老天爷赐给的孩子和助渐渐长大，小学时和我是同班，和助一直担任班长，我总是倒数第一。小学毕业之后，和助接了和太郎的班，做了一名出色的牛倌。太平洋战争爆发不久，应征入伍，大概是到现在的爪哇岛，或是苏拉威西岛去作战了。

现在和太郎已经是一个老头儿了，可身子骨还挺硬朗。他的老母亲和那头老牛都在前年死去了。

小和尚念经

新美南吉

山上寺庙里的和尚病了，由小和尚代替他去施主那里念经。

小和尚怕忘了，一路上一直不停地念经。

归命，
无量，
寿如来。

这时，油菜田里的兔子叫道：

“小光头！青青小光头！”

“干什么？”

“玩一会儿再走吧。”

听了这话，小和尚便和兔子玩了起来。过了一会儿，小和尚突然叫了起来：

“糟糕！我把经文给忘了！”

于是，兔子就教他说：

“那你就别念经了，你就唱‘对面的小路上，牡丹花开了’好了。”

小和尚到了施主家，照兔子教他的那样，在亡灵面前，用可爱的声音唱了起来：

对面的小路上，
牡丹花开了。
开了开了，
牡丹花开了。

人们听着听着，都吃惊地睁大了眼睛，不禁哧哧笑了起来。大家还从来没听过这么可爱的经文呢！

做完佛事，施主一本正经地把小馒头递给小和尚，说：

“给你，辛苦了！”

“不客气。”

小和尚把小馒头揣在袖兜里。

当然，小和尚没有忘记在回家的路上，把小馒头分一半给刚才的那只兔子。

蜗牛的悲哀

新美南吉

从前，有一只蜗牛。

有一天，这只蜗牛发现了一件非常严重的事。

“唉，我以前也太大意了，我背上的壳儿里怎么装了这么多的悲哀啊？”

这些悲哀该怎么办才好呢？

于是，这只蜗牛就跑到另外一只蜗牛伙伴那里。

“我活不下去了！”

它对伙伴说。

“你怎么了？”

蜗牛伙伴问它。

开头的那只蜗牛说：

“我是多么的不幸啊！我背上的壳儿里装满了悲哀。”

听了这话，伙伴说：

“不光是你，我的背上也装满了悲哀啊。”

这可就没有办法了，开头的那只蜗牛想。于是，它又到另外一个伙伴那里去了。

可是，那个伙伴也对它说：

“不光是你，我的背上也装满了悲哀啊。”

听了这话，开头的那只蜗牛又跑到别的伙伴那里去了。

就这样，它把所有的伙伴都问了个遍，可是得到的都是同样的回答。

开头的那只蜗牛终于想通了。

“原来不光是我，大家都有悲哀呀！我今后必须忍受我的悲哀才行。”

从那以后，这只蜗牛再也不唉声叹气了。

两只青蛙

新美南吉

在田野的正当中，一只绿青蛙和一只黄青蛙偶然相遇了。

绿青蛙说：

“哎呀，你是黄色的呀！黄色多脏啊！”

黄青蛙说：

“你是绿色的呀！你以为你自己很美吗？”

这样你一句我一句地说下去，当然没有好结果了。两只青蛙终于打起架来。

绿青蛙一下子跳到了黄青蛙的背上。这只青蛙特别会跳。

黄青蛙用后脚蹬沙子，对方只好不停地掸掉眼珠上的沙子。

就在这时，一股寒风刮了过来。

两只青蛙这才想到，冬天就要到了，青蛙们该钻进土里过冬了。

“春天咱们再接着打吧。”

绿青蛙说完，钻进了土里。

“你可不要忘了你说的话哟！”

黄青蛙也钻了进去。

寒冷的冬天到了，青蛙们都钻进了土里。北风呼啸，地面上结了一层冰。

春天来了。

睡在土里的青蛙们，觉得盖在背上的土变得暖和了。

最先醒来的，是绿青蛙。它从土里钻了出来，其他青蛙还没有出来呢。

于是，它对着土里喊：

“喂，起来了！已经是春天了。”

听到喊声，黄青蛙也从土里钻了出来。

“哎呀，春天到了！”

绿青蛙说：

“你忘了去年的那一架了吗？”

黄青蛙说：

“等等，等我把身上的土洗掉了再说。”

两只青蛙跳到水塘边，想洗去身上的泥土。

满塘都是汽水般清新的泉水。两只青蛙扑通扑通地跳了进去。

洗掉身上的泥土之后，绿青蛙眨巴着眼睛说：

“哎呀，你的黄色好漂亮！”

黄青蛙也说：

“这么一看，你的绿色也相当不错啊！”

于是，两只青蛙互相说：

“咱们和好吧。”

原来，无论人也好，青蛙也好，好好地睡上一觉，心情都会好起来。

螃蟹的生意

新美南吉

螃蟹左思右想，最后还是决定开一家理发店。其实，螃蟹能够想到这一点，已经是很不容易了。

不过，螃蟹想：理发店的生意怎么这么冷清呢？

为什么这么说？因为一位顾客也没来。

于是，螃蟹理发师便拿着剪刀，来到了海边。

章鱼正在那里睡午觉。

“喂，章鱼小弟。”螃蟹叫道。

章鱼睁开眼睛，说：

“什么事？”

“我是理发的，你要不要理发？”

“你好好看看吧，我头上有毛吗？”

螃蟹仔细看了看章鱼的头，果然一根头发也没有，光秃秃的。就算螃蟹理发的手艺再高，面对一个没有头发的光头，也是有劲儿没处使啊。

于是，螃蟹又跑到了山里。狸子正在山里睡午觉。

“喂，狸子大哥。”

狸子醒来说：

“什么事？”

“我是理发的，你要不要理发？”

狸子是一种喜欢恶作剧的动物，于是，就想出了一个馊主意。

“好啊，就请你理一个吧。不过，你得答应我一件事。就是给我理完之后，你还得帮我爸爸也剪个头。”

“好的，这很容易。”

终于到了螃蟹大显身手的时候了。

咔嚓，咔嚓，咔嚓。

螃蟹是个小个子，狸子比它大多了，加上狸子浑身上下都是毛，所以剪得很慢。螃蟹嘴里吐着泡泡，拼命地剪，足足用了三天的时间，才终于完成了任务。

“说好了的，给我爸爸也剪个头！”

“你爸爸有多高啊？”

“有那座山那么高吧。”

螃蟹不知所措了。它想，如果那么高大的话，光靠自己一个是不行的。

于是，螃蟹就让自己的孩子们也都做了理发师。岂止儿子啊，连孙子和曾孙们，以及未出生的小螃蟹，都成了理发师。

不信你看，哪怕是我们在路边见到的小螃蟹，也都带着一把剪刀呢。

喜欢孩子的神仙

新美南吉

有个神仙很喜欢孩子。他总是在树林里唱歌，吹笛子，和小鸟、野兽玩。不过有时候也会跑到人住的村子里，跟他喜欢的孩子们玩。

可是神仙一次也没有现身过，所以孩子们什么也不知道。

一个大雪过后的早上，孩子们在银白色的原野上玩。有一个孩子说：

“咱们把脸印在雪上吧！”

于是，十三个孩子都弯下腰，把圆圆的小脸蛋贴到了白白的雪上。这样一来，孩子们的一排小圆脸，就印在雪上了。

“一、二、三、四……”

一个孩子数了数印在雪上的脸。

怎么回事？怎么会有十四张脸？只有十三个孩子，不可能有十四张脸呀！

准是那个看不见的神仙来到了孩子们的身边。神仙也和孩子们一起，把脸印在雪上了。

调皮的孩子们你看看我，我看看你，用眼睛商量着要抓神仙。

“咱们来玩打仗游戏吧！”

“好！好！”

就这样，一个身体最结实的孩子当司令，剩下的十二个孩子当士兵，排成了一排。

“立正！报数！”

司令命令说。

“一！”

“二！”

“三！”

“四！”

“五！”

“六！”

“七！”

“八！”

“九！”

“十！”

“十一！”

“十二！”

十二个士兵报完了数。明明没有人了，可紧接着第十二个孩子，又有一个声音说：

“十三！”

声音清脆悦耳极了。

听到这个声音，孩子们一下子把第十二个孩子团团围住了，嚷嚷道：

“嗨，在这里呢，快来抓神仙呀！”

神仙一下子不知所措了。这可是些调皮捣蛋的孩子，如果被他们抓住，就麻烦了。

神仙赶紧从一个高个子孩子的胯下钻了出去，匆匆忙忙地逃回树林里。

可是因为他太慌张了，不小心掉了一只鞋子。

孩子们在雪地上捡到了那只还热乎乎的小红鞋。

“原来神仙就穿这样的小鞋子呀！”

大家笑着说。

从那以后，神仙就很少从树林里出来了。不过，毕竟是喜欢孩子的神仙，每当孩子们来林子里玩的时候，他总是会从林子深处招呼道：

“喂——喂——”

小牛犊

新美南吉

有一天，小牛犊跑到牛爸爸和牛妈妈那里，说：

“爸爸，妈妈，我浑身上下好痒啊。”

牛爸爸和牛妈妈乐得流出了口水。

牛妈妈说：

“儿子，你身上发痒，是因为你身上要长出一个东西来了。来，你快到那座小山坡南面的油菜花田里去坐着吧，一直等到那个东西长出来为止。”

牛妈妈告诉它，让它自个儿去了。

小牛犊走了之后，牛妈妈满心欢喜地对牛爸爸说：

“孩子他爹，那孩子是世界上最美的牛犊了，所以，它的肩膀下一定会长出来一对翅膀，就像池塘里的天鹅一样美丽的白翅膀！”

可是，牛爸爸却摇了摇大脑袋，说：

“你说什么傻话啊！兽类怎么会长出翅膀来？兽类长出的肯定是角。不过，它的确够勇猛的，一定会长出像鹿一样威武的带枝的角！”

“哦，不好不好，多难看啊！那么难看的东西，怎么会长在我可爱的孩子身上呢？准会长出翅膀来的。如果那孩子长不出翅膀，我宁愿把我的这条尾巴给它！”

“谁会要你那条怪模怪样的破尾巴啊！破绳头儿都比那强。既然你这么说，我也

不客气了。如果那小子长不出鹿角来，我宁愿把我的蹄子给它！”

牛妈妈听了，使劲儿歪了歪大脑袋，说：

“掉在路边的碗茬子都比你的蹄子强！”

很快，一直等在南面油菜田里的小牛犊，头上就长出东西来了，它们既不是天鹅的翅膀，也不是鹿角，而是一对普普通通的牛角。当小牛犊回到牛爸爸和牛妈妈身边来的时候，牛爸爸牛妈妈不停地眨巴着眼，高兴坏了，然后齐声说：

“哎呀，太好了！多漂亮的牛角啊！”

打气筒

新美南吉

一

村子里值得看的地方太多了。

铁匠铺、裁缝铺、水车磨坊、煎饼铺、木桶店，还有自行车铺子等等，那可真令人目不暇接啊！即使是站在街上，一家一家地看上大半天，也不会觉得腻歪，实在是太令人着迷了。而且，不管看上多少遍，那些师傅精湛的手艺总是让人赞不绝口。

几乎所有的孩子都知道铁匠怎么点火，怎么锻造锄头；裁缝怎么转动缝纫机，怎么缝围裙的口袋。孩子们也知道煎饼铺子的老爷爷怎么夹着蒲扇一样的煎饼，按照怎样的顺序在火上翻个儿。他们大概比那些手艺人还要在行。要是让他们顶替那些手艺人干活，一定会干得很出色，连一个小小的失误都不会发生。

可是，大人们才不相信这些呢。他们简直把孩子当成苍蝇，连打下手都不让。哪怕是悄悄地摸一下边上的铁锤，老铁匠那汗淋淋、又黑又亮的额头上就会皱起可怕的皱纹：

“危险！小孩子到一边玩去！”

也有的时候，手艺人会心血来潮，让孩子们帮忙。比如，让他们拉拉风箱，把连在一起的煎饼弄开什么的。这时候孩子们特别开心，因为是在跟大人一起干活儿。可随着大人心情的变化，这种开心转眼间就结束了。大人根本不了解孩子们的心情。

正九郎不止一次地想过，要是能从头到尾地补一回自行车的车胎，该多好啊。蹲在自行车铺子门口，看着人家补胎，正九郎的嗓子眼里咕噜咕噜直叫唤，就好像是看到了满满一桌的美味佳肴。

不过， 正九郎知道这家店老板的脾气非常古怪。老板的头已经秃了，脖子粗粗的，赘肉一圈又一圈。他的眉毛像铅丝一样粗，总是板着脸，而且不爱说话，偶尔开口，也会像要咬人一样冒出一句短短的话来。就那个样子，村里人还说老金是个好人。正九郎像害怕野兽一样地害怕他。有一回，他正在抠一颗夹在门坎缝里的滚珠，头顶上突然传来一阵怒骂，吓得他还以为是遭雷击了呢！因为店老板是这样一位大叔，所以不管正九郎心里多么想帮他补胎，却怎么也说不出口。

但是，事情就是这么巧。有一天，正九郎终于实现了自己的心愿。

那天，正九郎放学回家，妈妈让他换上了一条刚刚洗过的白裤子。裤子挺挺的，只有刚刚洗过的布才会有那种令人爽快的感觉。天气也不错，一出家门，六月强烈的阳光晃得他睁不开眼。麦秆靠在邻居家的墙上和篱笆上，晒着太阳。母鸡在鸡窝里咕咕地叫着。整个村子里静悄悄的。正九郎没事可干，不过他知道，这种时候一定会有什么事情发生。

果然，有人在正九郎的耳边轻声地说：

“正九郎，有一个好消息！”

正九郎凝视着加平的脸，追问道：

“什么好消息？”

加平说，今天，自行车铺子的老金和大婶去参加一个什么活动，一大早就出门了，只有小伙计八公一个人看家。这可是个好机会啊！

正九郎跟加平像两个小偷似的，鬼鬼祟祟地嘀咕着。紧接着，他们就按照计划立刻行动起来了。把八公叫出来还不容易！那家伙是个名副其实的馋猫，只要对他说加平家地里种的枇杷都熟透了，正等着他呢，他就会跑过去。不过，一想到可以吃一肚子黄灿灿的枇杷，正九郎又有点羡慕起八公来了。

两个人还没到自行车铺子呢，就觉得计划好像已经实现了似的，他们已经在想着怎么补胎了。可是，到了门口一看，才知道前面还有好多困难在等着他们呢！正九郎觉得那家店的样子跟平常有点不一样。两个人面朝店门，站在马路上犹豫了老半天。

加平的胆子稍大一点，不愧是一个杀兔子连眼睛都不眨的男人的儿子。正九郎看着加平一步步走进店里。他觉得好像有什么可怕的事情要发生了，他打算放弃念头，赶紧回家。

然而，什么事情都没有发生。进到店里的加平，正和躺在那里看隐身术书的八公在说话。仔细一看，八公还是往常的那个熟悉的八公，还是那个没有任何猜疑心的好朋友八公。正九郎这才放心大胆地走了进去。

只说了两句话，八公这个大馋猫就把店交给他们俩了。

“那就拜托你们了，有顾客来了马上叫我。”

正九郎“嗯”地点了点头。

加平又加上了一句：

“我会在火警瞭望塔边上挥帽子，你看见了就回来。”

二

这两个孩子接管了自行车铺子之后，心里是既高兴，又有一种奇怪的感觉。到底做什么才好呢？

两个人默默地朝铺子里环视了一圈。闪闪发亮的自行车，吊在天花板上的旧自行车和车轮，摆在架子上的漂亮的自行车油和橡皮胶水罐，挂在柱子上的一捆车链子，沾满油污和铁锈的修理台，工具箱。一想到这些东西全都交给了自己，他们的心不禁扑通扑通地跳个不停。

两个人静静地站在那里，像丢了魂似的。要是不动这个念头就好了。可是，现在想反悔已经来不及了。不就是补胎嘛，有什么了不起的。

后来，也不知过了多长时间，两个人终于觉得无聊了。他们想，爆胎的自行车怎么这么少啊！别说爆胎了，连自行车都很少从店门前

经过。于是，他们就把熟悉的工具从工具箱里拿了出来。这些工具，他们还是头一次握在手上呢。加平走到大街上，一会儿朝南看看，一会儿又朝北看看，等着爆胎自行车的到来。

终于，一个目标出现了。一个穿西装、拿皮包的陌生男人把爆了胎的自行车立在遮阳篷下边，一边擦汗，一边走进自行车铺。

“喂，小朋友！家里没有人吗？”

这个叔叔还以为他们是店主的孩子呢。这对于他们俩来说，这可是求之不得啊。

“我们……我们也会修。”加平说。

更凑巧的是，这个叔叔好像是累坏了，把自行车交给他们俩之后，就仰面朝天地躺倒在铺子里，闭上了眼睛。干活时没有别人在旁边看，才顺手、才快乐。这就和旁边没人看，一个人吃东西时才香，是一个道理。

两个人兴奋地修了起来，简直就像做梦一样。没有修理过自行车的人，恐怕很难理解这种心情。

先卸下轮胎，给内胎打气，再把像婴儿胳膊一样又软又鼓的内胎放到水里找破洞，找咕嘟咕嘟冒小水泡的地方。找到啦！接下来，用一把锋利的长剪刀，咔嚓咔嚓剪一块补胎用的橡皮。要先剪成像卡片一样的四方形，再把四个角剪得圆圆的。最后，把食指伸进橡皮胶水罐里，把黏糊糊、散发着一股香味的胶水涂在橡皮和内胎破洞的地方。啊，还会有比这更让人感觉痛快的事吗？

刚开始，两个人可能是太兴奋了，四只手总是撞到一起。但没过多久，他们就像两个真正的自行车铺子家的孩子一样，干得相当顺手了。当然，正九郎那条刚洗过的白裤子眼看着脏了起来。不过，做自己喜欢的事，就顾不了那么多了。

可是，意外的事情发生了。补好胎，正九郎正用打气筒给轮胎打气的时候，打气筒突然失去了阻力，气泵失灵了。压下去，提起来，试了五六次，就像往水里插棍子一样。正九郎和加平不禁互相看了一眼，这下可惹祸了。正九郎眼前一片漆黑，耳朵里也像涌起波浪似的响了起来。

这下可坏了！等一无所知的客人把十块钱塞到加平手里，骑上自行车走了之后，两个人开始为闯下的大祸担忧了。原来，所谓的不幸就是这样来的啊！

“不关我的事！”加平说。

加平到底还是只顾自己啊，正九郎快要哭出来了。但是他知道，这个祸闯得太大了，哭也没用。它像一块石头一样，重重地压在心头。就好像玩骑马游戏时有好多人骑在自己身上，胸口被压得难受极了。

正九郎以为加平肯定会把这件事告诉八公。然而，他猜错了。当八公吃了一肚子枇杷，打着饱嗝回来时，加平把客人留下的十块钱交给他，简单地说了一句，就再没说什么。

可是，正九郎却觉得还不如实话实说。那样的话，就可以“哇”

地痛哭一场了。

隐瞒错误，是一件多么辛苦的事情啊！他们不能朝打气筒那边看，否则八公可能会怀疑。而且，还要顺着八公的兴致说话，不然不知什么时候就会说到打气筒。尽管如此，正九郎还是不时地偷偷地朝打气筒那边看上一眼。他实在不放心，就好像打气筒随时都会自己走过来说：“是正九郎把我弄坏的！”

最好的办法，是赶快到没有打气筒的地方去。

当我们的良心无比痛苦的时候，我们知道，最好的办法，就是不去看使我们的良心感到痛苦的东西。所以，我们才会从谁见了都觉得可怜的乞丐面前匆匆走过。

八公“当啷”一声把十块钱丢进了手提钱箱，两个人趁机溜出了自行车铺子。正九郎心想，我这辈子再也不会到这里来了。一直走到看不见自行车铺子的街口时，两个人才稍微松了一口气。

可是，还有不幸的事在等着他们俩呢。刚松了一口气，正九郎就发觉刚洗好的白裤子已经脏得一塌胡涂。而加平呢，也担心会不会因为八公把枇杷树吃得乱七八糟，挨爸爸一顿臭骂。要知道，加平的爸爸可是一个杀兔子、杀鸡连眼睛都不眨的可怕的男人啊！

两个人如同落汤鸡一样，垂头丧气地呆立在那里，悲伤地望着暮色。他们已经走投无路了，一切都结束了。

三

然而，事情并没有结束。

还有那个不可救药的打气筒呢！第二天，第三天，正九郎仍然惦记着打气筒。他觉得好像全村人都知道了这件事情，不敢正视别人的脸。每当老师登上早操台的时候，他总是提心吊胆，怕老师说起那件事。他再也没有去过自行车铺子。如果能从打气筒这件事解脱出来，正九郎宁愿像烟一样消失掉。

可怕的事情终于还是发生了。那件事过去一个星期了，一天傍晚，妈妈交给正九郎一块包袱皮，说：

“你到自行车铺子去一趟，买二十块钱的鸡蛋回来。”

究竟还是没有逃过去，正九郎感到自己一下子面无血色了。

“去清太家买不行吗？妈妈。”

妈妈好像故意折磨正九郎似的说：“他们家的鸡蛋太小，不划算。”

这是妈妈的老调子了。

正九郎无望地走出家门。他想，拐三个弯就是自行车铺子。还有两个弯，还有一个弯。他甚至想到，如果瞒着母亲去清太家买鸡蛋，又会怎么样呢？这种念头只是闪了一下。换了加平，说不定就会做出那样的事情来……啊，终于拐过最后一个弯了。有一个眼睛看不到的东西在拉着正九郎，已经逃不掉了……

正九郎像一个去派出所自首的小偷一样，走进了自行车铺子。他是下了多么大的决心啊！即使可怕的老金挥着木棒在等他，他也得老老实实低头认罪。不过，当得知老金不在的时候，他却又高兴起来了。

他以为早就被人发觉了，可在那儿擦破车的八公见到正九郎，却什么也没有说。听他说要买鸡蛋，就跑去厨房门口告诉大婶了。事情并不像自己想象的那样，正九郎的心里觉得有点怪怪的。要是被问到了，就应该这样道歉……一路上反反复复念叨着那些哀求的话，这时却卡在喉咙里说不出来了。当然，这也不是什么不好的心情。

大婶用围裙兜着鸡蛋走了出来。然后，把正九郎拿来的包袱皮铺在榻榻米上，把围裙里的鸡蛋一个个放到包袱皮里。大婶跟平时没有什么两样，她肯定也不知道。那么，那个打气筒到底怎么样了呢？

正九郎没有特意去看，但从一开始他就知道打气筒在哪里。就像不用摸，也知道什么地方长了疖子一样。不过，正九郎的疖子，被一个突然出现的闯入者给摸了一下。

正九郎还在发愣的时候，木桶店的次郎大步流星地走进来，说了句“对不起，借我用用打气筒”，就抓着打气筒走了出去。

正九郎吓了一跳，像是有人用手指戳了一下他的疖子一样。他不知所措，胸口一阵疼痛，耳边好像有成百上千口钟同时敲响了。

虽然那只是在一瞬间发生的事情，但对于正九郎来说，却是一个漫长而痛苦的过程。如果不是听到了打气筒那正常的“嗤——嗤——”声，正九郎真不知会怎么样呢。一开始，他简直不敢相信自己的耳朵。然而，打气筒在屋檐下发出了有力的“嗤——嗤——”声！就像一个结实的汉子咬紧牙关，从牙缝里慢慢地吐气的声音一样。

大婶把鸡蛋全都放到了包袱皮里，最后又把一只小鸡蛋塞到了正九郎的手里。

“这是奖给你跑腿的，刚下的，还热乎着呢。”

正九郎一只手拿着包袱，另一只手拿着刚下的热乎乎的鸡蛋，走到了大街上，他感到身心格外的轻松。那心情，就好像疼了很久的蛀牙一下子掉了似的。真是漫长的煎熬啊！没有忧心的事，人的心情是多么舒畅啊。空气清新，世界都变得美丽了，真的！如果这时有人用指头捅一捅正九郎的话，他一定会弯着腰哈哈大笑起来，痛痛快快地大笑一场。笑完了，就那么躺倒在篱笆墙下。

走到煎饼铺子前面，他突然跑了起来，一口气跑回了家。

爷爷的煤油灯

新美南吉

玩捉迷藏的时候，躲在仓库角落里的东一拎出来一盏煤油灯。

那盏煤油灯的形状很罕见。灯座是一根约八十厘米长的粗竹筒子，上面粘着一个小小的灯芯，灯罩是一个细细的玻璃管。乍一看，根本就不像一盏煤油灯。

孩子们还以为是一支老式步枪呢。

“原来是一支步枪啊！”

正在捉人的宗八说。

就连东一的爷爷，一时也搞不清那是件什么东西。他的目光穿过鼻尖上的眼镜，仔细地端详了老半天，才明白过来。

等弄清楚那是一盏煤油灯后，东一爷爷便开始教训起孩子们来了：

“看看，你们把什么东西给我翻腾出来了？你们这些孩子呀，要是不管你们，任你们玩，还不知道你们会把什么东西给翻腾出来呢！一会儿没看住，你们就像一群贼猫似的。过来过来，把它给我拿过来，你们都给我到外边玩去！外边有电线杆子什么的，能玩的东西多着呢！”

被这么一骂，孩子们才知道自己做错事了。于是，不光是东一，就连邻居家的那些孩子们，也都像做了坏事一样，一个个灰溜溜地走到外面的马路上。

午后的春风卷起路上的沙尘。一只白蝴蝶，忙忙碌碌地跟在慢悠悠的牛车后面。果然到处都竖着电线杆子，但孩子们并没有在电线杆子那里玩。因为孩子们觉得，大人说怎么玩就怎么玩，那多没意思啊。

于是，孩子们掏出兜里的玻璃球，叮叮当当地摆弄着，朝广场那边跑去了。孩子们很快就玩起了自己的游戏，把煤油灯的事忘得一干二净。

天黑了，东一回到家里，他发现那盏煤油灯摆在客厅的角落里。可是，要是再说煤油灯的事，说不定又要被爷爷训一顿，所以他什么也没有说。

吃完晚饭，又到了无聊透顶的时间。东一一会儿背靠在衣柜上，咣当咣当地摆弄抽屉的拉环；一会儿又来到自己家在前屋开的书店，盯着看一个大胡子的农校老师跟伙计订书，那本书的书名好复杂啊，叫什么《大萝卜的栽培理论与实践》。

实在是没什么事可做了，他又跑回客厅里。见爷爷不在，他就蹭到煤油灯旁边，一会儿摘掉灯罩，一会儿转转有五分钱那么大的旋轮，一会儿又把灯芯拿出来，再放回去。

他玩得正起劲呢，却被爷爷发现了。不过，这回爷爷倒是没有发火，而是要姐姐帮自己倒了杯茶，然后用力拔出烟管，对他说：

"东一，对爷爷来说，这盏煤油灯可是一件非常值得怀念的东西啊。爷爷好长时间都没有想起它来了，今天你从仓库里把它翻腾出来，让爷爷又想起了过去的事情。爷爷到了这一把年纪，还能见到像煤油灯这样的老古董，心里真是高兴啊！"

东一呆呆地望着爷爷。下午被爷爷训了一顿，他原以为爷爷还在生气呢，没想到爷爷是在为见到了过去的煤油灯而感到高兴啊！

"爷爷给你讲个故事吧，你过来，坐在这儿！"爷爷说。

东一喜欢听故事，就听话地坐到了爷爷的面前。不过，他又觉得这样子有点像是在挨训，心里不怎么舒服，就又换了一个平时在家里听故事时的姿势——趴在那里，跷起双脚，还不时地拍打着两只脚掌。

爷爷讲了起来：

大约五十多年前，也就是日俄战争的时候，岩滑新田村里有一个叫巳之助的少年。当时，他只有十三岁。

巳之助没有父母，没有兄弟，没有一个亲戚，是个名副其实的孤儿。巳之助有时帮别人家跑腿，有时像女孩子一样替人家哄孩子，或是帮人家捣米。只要是巳之助这样的少年能做的事，他什么都做，所以他才被留在了村子里。

不过说实话，巳之助并不愿意这样靠村里人的照顾活下去。他常常想，身为一个男人，一辈子总是哄小孩、捣米，又有什么意义呢？

男人要出人头地才行。但是，怎么才能出人头地呢？巳之助每天光吃饱饭就很不容易了。他连买一本书的钱也没有。即使有钱买了书，也没有时间读。

巳之助暗暗期待有一天能出人头地。

一个夏日的午后，有人叫巳之助去帮忙拉人力车。

那时候，岩滑新田常年有两三个人力车夫在拉车。从名古屋来潮汤治海水浴场的游客，一般都是坐火车到半田，再从半田搭人力车，到知多半岛西海岸的大野和新舞子去，而岩滑新田正好位于那条路上。

人力车是要靠人拉的，跑不快。再加上岩滑新田与大野之间有座山岭，所以，拉起来就更花时间了。况且，那时候的人力车还是笨重的铁轮子，跑起来咯噔咯噔直响，因此，急着赶路的客人便会出双份的报酬，叫两个车夫合力拉车。巳之助被叫来帮着拉的车，也载着一位急着赶路的避暑游客。

巳之助把拴在车把上的绳子套在自己的肩上，嗨哟嗨哟地吆喝着，在烈日炎炎的路上跑了起来。头一次拉车很辛苦，可巳之助却不觉得苦，反而还充满了好奇心。因为打从懂事起，他还从来没有离开过村子，也不知道山岭对面是个什么样的城镇、住着什么样的人。

黄昏，当蓝色的薄暮中晃动起灰白的人影时，人力车跑进了大野镇。

在这个镇上，巳之助头一次看到了太多以前从来没有看到过的东西。首先，那一排排的大商店就够让他新奇的了。巳之助的村子只有一家小店，卖的是粗制点心、草鞋、纺线工具、膏药、装在贝壳里的眼药和一些乡下的生活用品。

不过，最让巳之助吃惊的，是那些大商店里点着的玻璃灯罩的煤油灯，一盏盏像花一样灿烂。巳之助的村子里，到了晚上，大多数的人家都不点灯，屋子里一片漆黑，人们像瞎子一样用手摸着找水缸、石磨和顶梁柱什么的。稍微有钱一点的人家，会挂上媳妇过门时带来的方形纸罩座灯。座灯四面是纸糊的，里面有一个装着灯油的碟子，露出碟外的灯芯亮着一团樱花花蕾般的小火苗，温暖的橘黄色灯光照在四周的纸上，发出微光。可是，不管多么亮的方形纸罩座灯，也没有大野镇上的煤油灯亮。

而且，煤油灯的灯罩还是用当时很少见的玻璃做的。巳之助觉得单凭这点，就比较容易被煤烟熏黑、容易碰破的方形纸罩座灯强多了。

在他看来，这些煤油灯把整个大野镇照得如同龙宫一般明亮。巳之助甚至都不想回自己的村子了。人不管是谁，都不想从明亮的地方再回到黑暗的地方去。

巳之助一拿到十五块拉脚钱，就离开人力车，走在这个听得见波浪声的海边小镇上。他朝商店里看去，陶醉地望着美丽而又明亮的煤油灯。

和服店里，掌柜的正在把印着大山茶花的布，摊在煤油灯的灯光下给客人看。粮店里，小伙计正在煤油灯下，把不好的红豆一粒一粒挑出来。另外一户人家里，一个小女孩正在煤油灯的灯光下摊开雪白闪亮的贝壳，玩弹子游戏。还有一家店里的人，正在将一个个小珠子串起来做念珠呢。在煤油灯那蓝色的光辉中，人们的这些生活也像是故事或是幻灯里的世界一样美丽，令人向往。

“文明让世界更进步”这句话，巳之助已经不知听过多少遍了，可他现在才好像明白了“文明进步”是什么意思。

走着走着，巳之助来到一家挂着很多煤油灯的商店门前。这里一定是卖煤油灯的商店。

巳之助握着十五块钱，在那家店门前犹豫了一会儿，最后还是拿定主意，快步走了进去。

“我要买那个东西。”

巳之助指着煤油灯说，他不知道煤油灯这个词。

店里的人把巳之助指的那盏大煤油灯摘了下来，不过这盏灯，十五块钱可买不下来。

“就便宜一点卖给我吧。”

巳之助说。

“不能减价。”

店里的人说。

“那就以批发价卖给我吧。”

巳之助常常去村子里的杂货店，请人家买他编的草鞋，所以他知道东西有批发价和零售价，批发价比较便宜。比如，村里的杂货店以一块五毛钱的批发价买进他编的葫芦形草鞋，再以两块五毛钱的零售价卖给人力车夫们。

煤油灯店的老板听这个陌生的小毛孩子说出这样的话来，不禁吃了一惊。他直直地盯着巳之助的脸看了一会儿，说：

“以批发价卖？对方要是经销煤油灯的人，我才可以按批发价卖。像你这样的散客，我不可能按批发价卖给你的。”

“要是我是开煤油灯店的，你就会以批发价卖给我吗？”

“啊，可以。”

“那我就是开煤油灯店的，以批发价卖给我吧。”

店老板拎着煤油灯笑了起来。

“你是开煤油灯店的？哈哈，哈哈。”

“真的，大伯。我真的要开一家煤油灯店。

啊，求求您了，今天就以批发价卖给我一盏吧。下次再来的时候，我会一次买很多的。”

店老板开始还在笑，可看到巳之助那副认真的样子，不禁感动了。特别是当他知道了巳之助的身世之后，就把煤油灯递给了巳之助，说：

“好吧，就以批发价卖给你了。不过这盏煤油灯，即使是批发价，十五块钱也是买不下来的。我被你的热情感动了，所以便宜卖给你。不过，你可要好好做生意，要多从我这里进货啊！”

巳之助请店老板教了他一遍煤油灯的使用方法，就提着那盏点亮的煤油灯，回村里去了。

在黑暗的山路上，竹林和松林一片接着一片，可是巳之助一点也不害怕，因为他手里提着一盏像花一样灿烂的煤油灯。

在巳之助的心中，又亮起了另一盏灯。这是一盏希望的灯。他要把这种文明进步的东西，带到自己那黑暗、落后的村子里去，给村民的生活带来光明。

刚开始，巳之助的新生意一点儿都不兴旺，因为农民们总是不相信新东西。

他想来想去，最后，把那盏煤油灯拿到了村里的那家小店，免费请人家使用一段时间。

杂货店的老婆婆勉强答应了。她在天花板上钉了一个钉子，把煤油灯吊了起来，当天晚上就点上了。

大约过了五天，巳之助去卖草鞋的时候，杂货店的老婆婆笑眯眯地对他说：“这玩意儿可是又方便又亮堂，晚上也有客人上门，而且还不会找错钱。我中意了，就把它买下来吧！”

不仅如此，她还告诉巳之助说，村里人终于明白了煤油灯的好处，已经有三家预定了。巳之助高兴得几乎跳了起来。

于是，他接过杂货店老婆婆递过来的煤油灯钱和草鞋钱，立刻就跑到了大野镇。他跟煤油灯店老板说明理由后，不够的钱先赊帐，一口气买回来三盏煤油灯，卖给了订货人。

自打那以后，巳之助的生意就兴旺起来了。

开始是有人订货，他才到大野镇购买。后来有了一些积蓄，就是没人订货，他也会买回来很多盏煤油灯。

这时，他已经不再为别人家跑腿或是哄孩子，只是埋头做煤油灯的生意了。巳之助做了一辆有平台的带围栏的大板车，在上面挂满了煤油灯和灯罩。他推着车，在自己的村子和附近的村子卖煤油灯，玻璃灯罩互相撞击着，发出清脆冰凉的声音。

巳之助赚了很多钱。更重要的是，这个生意让他觉得很快乐。以前黑漆漆的人家，渐渐地被巳之助卖的煤油灯照亮了。他觉得自己为那些黑暗的人家点亮了一盏盏文明进步的明灯。

巳之助已经是一个青年了。过去他没有家，借住在区长家一个斜顶的仓库里。现在他有钱了，自己盖了房子，还经由别人的介绍，娶了妻子。

有一次，他在邻村介绍煤油灯时，说了一句以前从区长那里听来的话："要是在煤油灯下，即使把报纸放在榻榻米上，都能看得清清楚楚。"

当时，一个顾客反问他："真的吗？"

巳之助不喜欢骗人，他决定自己试一试，就从区长那里要来了一张旧报纸，在煤油灯下翻开了。

区长说得果然不错。在煤油灯的灯光下，报纸上的每一个小字都可以看得清清楚楚。

"我不能做骗人的生意。"巳之助自言自语地说。

不过，虽然在煤油灯的灯光下，字看得很清楚，可对巳之助来说没有任何意义，因为他不识字。

“有了煤油灯，可以看清楚东西了，可是不识字，还算不上是真正的文明进步。”

从那天起，巳之助每天晚上都到区长家去学识字。

他很用功，刚过了一年，就跟村里小学毕业的人差不多了。

除此之外，巳之助还学会了读书。

巳之助已经是一个精力充沛的壮年人了。家里有了两个孩子。“虽然还谈不上出人头地，但现在自己总算是可以自食其力了。”每当想起这些，他心里就很满足。

一天，当巳之助去大野镇采购煤油灯的灯芯时，看见五六个工人在路边挖坑，把一根又粗又长的柱子竖了起来。柱子的上头，横着两根像手臂一样的木头，横木上装着好几个不倒翁似的白色陶瓷。把这么一个怪里怪气的东西竖在路边干什么？巳之助一边想，一边继续往前走。走了没多久，就见路边又有一根跟刚才一样高的柱子竖在那里，麻雀落在横木上叫着。

路边每隔五十米左右，就竖着这么一根怪里怪气的柱子。

巳之助终于忍不住了，问一个在太阳下面晒面条的人。面条店的人回答说：“这是在拉电线呢！一通电，就不用煤油灯了。”

巳之助没听明白，因为他根本就不知道什么是电。说能代替煤油灯，那么就是说电一定是灯了？巳之助心想，如果是灯的话，在家里点上它不就行了，干嘛还要在路两边竖那么多莫名其妙的柱子呢？

一个多月后，巳之助又去了一趟大野镇。他发现上次路边竖起的大粗柱子上，拉了几根像黑绳子一样的东西。黑绳子在横木上的不倒翁脖子上绕了一圈之后，又拉到下一根柱子上，就这样接连不断地一直连接下去。

仔细一看，每一根柱子的不倒翁上都分出两根黑绳子，连到房子的屋檐下。

“嘿嘿，我还以为电是灯呢，这不就跟绳子一样嘛！倒成了麻雀和燕子休息的好地方！”

巳之助一边嘲笑着，一边走进朋友开的一家甜米酒店。他发现，一直挂在房子中央、饭桌上方的那盏大煤油灯，被摆靠在了墙边，原来的位置上是一个比煤油灯小得多，但没有煤油壶的奇形怪状的灯，它被一条看上去很结实的绳子从天花板上吊了下来。

“这是什么呀？怎么挂了个这么奇怪的东西？那盏煤油灯出什么毛病了吗？”

巳之助问道。于是，甜米酒店老板回答说：

“这是才拉的电灯啊！不用担心着火，又亮堂，连火柴都用不着了，实在太方便了。”

“哼，挂了一个这么奇怪的东西，恐怕连甜米酒也变味了吧？客人会少很多吧？”

甜米酒店老板这才想起来他是卖煤油灯的，就不再提电灯有多方便了。

“我说甜米酒店老板，你瞧天花板那儿，就是被煤油灯长年熏黑的地方，煤油灯已经在那里根深蒂固了。怎么能因为现在有了方便的电灯，就把煤油灯从那里拆下来，丢在墙角呢？煤油灯也太可怜了吧？”

巳之助就这样固执地护着煤油灯，不肯承认电灯的好处。

不久，天就黑了。谁也没划一根火柴，甜米酒店里突然就如同白昼一样地亮了起来，巳之助惊呆了。因为太亮了，所以巳之助不由得转过头去。

“巳之助啊，这就是电灯！”

巳之助咬紧牙关，盯着电灯看了老半天，如同瞪着仇敌一般。

由于看得太久了，眼珠子都看疼了。

“巳之助啊，我跟你明说了吧，这可不是煤油灯能比得了的啊。不信，你伸长脖子朝外面瞧瞧，你好好往大街上瞧瞧。”

巳之助绷着脸打开了门口的拉门，朝街上望去。所有的人家、所有的店铺都和甜米酒店一样，点上了明亮的电灯。屋子里一片光明，光线一直洒落到了大街上。对于已经习惯了煤油灯的巳之助来说，那光线实在太刺眼了！巳之助悔恨地叹着气，又看了老半天。

他想，煤油灯的强敌出现了！过去，巳之助总是把“文明进步”这个词挂在嘴边，可是他怎么也没有想到，电灯是比煤油灯还要文明进步的利器。即使是很聪明的人，当自己可能会失业的时候，往往也不能做出正确的判断。

从那天起，巳之助就开始暗暗担心电灯会通到自己的村子里。要是点上电灯，村里的人就都会像那家甜米酒店一样，把煤油灯摆到墙角或是收到仓库的阁楼里去了。到那时，煤油灯的生意就做不成了。

不过，连煤油灯进村时都那么不容易，电灯就更不用说了。村里人肯定会害怕的，不会那么轻易接近它的。一想到这里，巳之助又放心了。

但是，没多久，当听到人们传说“下次的村民大会，要决定是否安电灯”时，巳之助如同当头挨了一棒。他想，强敌终于来了！

这下，巳之助觉得自己不能不说话了。他开始在村民中散布反对电灯的意见。

“电可是用长长的线从山里头拉来的呀，深更半夜，狐狸和狸猫就会顺着电线来这里糟蹋农田了！”

巳之助之所以会做出这样的荒唐事，纯粹是为了守住自己做惯了的生意。每当说这些话时，他总会有一种内疚感。

村民大会开完了，一听说岩滑新田村也决定通电灯，巳之助如同当头挨了一棒。他想，这样一棒又一棒遭受打击，自己的脑子肯定会出毛病的。

果然不出所料，他的脑子出毛病了。村民大会开完之后，巳之助蒙头一连睡了三天，每天都一直睡到晌午。脑子就是在这时候睡出毛病的。

巳之助不知道该恨谁才好。于是，他决定恨在村民大会做议长的区长。接着，他想出了恨区长的种种理由。一般来说，即使是脑子再聪明的人，到了可能会失去自己生意的紧要关头，也会失去正确的判断力，产生毫无道理的仇恨。

一个月夜，暖暖的月光照在油菜花田里。不知从哪个村子里，传来了一阵又一阵迎春的鼓声。

巳之助没有走大路。他一会儿像阴沟里的黄鼠狼一样，猫着腰向前跑。一会儿又像灌木丛里的野狗一样，拨开草丛向前跑。不想让别人看见的时候，人才会这样。

因为他曾经在区长家借住了很长时间，所以对区长家的情形了如指掌。出门的时候，他就盘算好了，最适合放火的地方是草屋顶的牛棚。

上房里的人已经睡着了，静悄悄的。牛棚里也很安静，但安静不等于就是牛睡着了。牛不论是睁着眼，还是闭着眼，都是很安静的。当然，即使牛是睁着眼睛的，也不会妨碍放火的。

巳之助没有带火柴，带的是还没有火柴时使用的打火石。出门时，他在炉灶周围找了半天，可是不知道为什么就是没有找到火柴，碰巧摸到了打火石，就把它给带来了。

巳之助开始打火。虽然迸出了几颗火星子，但不知道是不是引火用的火绒受潮了，怎么点也点不着。巳之助想，打火石也太不方便了。不止点不着，还叮叮当当地发出这么大的声音。这样下去，睡着的人肯定要被吵醒的。

“见鬼！”巳之助咂了咂嘴，“要是带火柴来就好了。看来，打火石这种东西是过时了，到了关键时刻不管用。”

说完，巳之助不禁又重复了一遍：

“看来是过时了，到了关键时刻不管用……过时了的东西不管用……”

就像明月照亮了天空一样，巳之助的脑子也因为这句话，一下子就开窍了。

巳之助这才认识到自己的错误。

煤油灯是旧东西了，已经到了用更方便的新电灯的时代了。社会在进步，文明又向前迈出了一大步。巳之助作为日本这个国家的一员，应该为日本这个国家的进步感到高兴才对。不能因为失去了自己的老本行，就去阻挠社会的进步，就平白无故地去仇恨别人，就去放火，也太不像一个男人了！既然社会在前进，不需要这个行当了，自己就应该像个男人，彻底放弃这个行当，改做对社会有益的新生意……

巳之助立刻回到了家里。

后来怎么样了呢？

他叫醒了妻子，把家里所有的煤油灯都灌上了煤油。

妻子问巳之助：“这深更半夜的，你要做什么呀？”

巳之助知道，如果把自己现在要做的事情告诉她，她肯定会制止自己，所以什么也没说。

大大小小、形形色色的煤油灯，足有五十多盏，而且都灌上了煤油。他又像往常去做生意时一样，把它们挂在大板车上，就出了门。这次，他没有忘记带火柴。

快到西边的山岭时，路边有一个名叫半田池的大水塘。溢满春光的池水在月光下，像个银盘似的，泛着朦胧的光。赤杨和柳树立在岸边，弯身看着水里。

巳之助选择了这样一个没有人的地方。

他到底要干什么呢？

他点着了煤油灯。每点亮一盏，就挂到池边的树枝上。大大小小地挂满了一树。一棵树挂满了，又挂到旁边的另一棵树上。就这样，终于把所有的煤油灯都挂在了三棵树上。

那是一个无风的夜晚。一盏盏煤油灯静悄悄地燃烧着，四周如同白昼一般明亮。被灯光吸引而来的鱼在水中闪闪发亮，如同一把把刀子。

“再见了！煤油灯。”

巳之助自言自语地说。

可是，他却不肯离去。只见他垂着双手，久久地凝望着满枝的煤油灯。

煤油灯啊，煤油灯，让人怀念的煤油灯！这么多年来朝夕相处的煤油灯！

“再见了！煤油灯。”

然后，巳之助走到了水塘另一边的路上。对岸亮着一盏盏煤油灯，五十多盏都在亮着呢。水面上，也映出了五十多盏煤油灯的倒影。巳之助站住了，又久久地凝望起来。

煤油灯啊，煤油灯，让人怀念的煤油灯！

过了一会儿，巳之助蹲下身，从脚边捡起了一块小石头，对准一盏最大的煤油灯，使劲地抛了过去。咔嚓一声，最大的一团火熄灭了。

“你们的时代过去了，社会进步了。”

巳之助说完，又捡起一块小石头。第二盏大煤油灯也咔嚓一声熄灭了。

“社会进步了，现在是电气时代了。”

打碎了第三盏煤油灯之后，不知为什么，巳之助已经是热泪盈眶，再也瞄不准其他的煤油灯了。

就这样，巳之助结束了以前的生意，然后到镇子里开了一家书店，做起了新生意。

“巳之助现在还在开书店，不过他年纪大了，已经把店交给了儿子照管。”

东一的爷爷讲完故事后，喝了一口茶，茶早就凉了。原来，巳之助就是东一的爷爷，东一睁大了眼睛望着爷爷的脸。不知什么时候，东一又坐在了爷爷的面前，还不时地把手放在爷爷的膝盖上。

“那剩下的四十七盏煤油灯，后来怎么样了呢？”东一问。

“不知道。也许第二天就被过路人发现，拿走了吧。”

“那么，家里一盏煤油灯也没有了吗？”

“嗯，一盏没剩。只剩下了这盏台式煤油灯。”

爷爷又看了看东一白天拿出来的那盏煤油灯。

“四十七盏都给人拿走了，爷爷亏本了吧？”东一说。

“嗯，亏大了。现在想想，也没必要非得那么做。岩滑新田装了电灯以后，还卖出去了五十多盏煤油灯呢！岩滑新田南面有一个叫深谷的小村子，至今还在使用煤油灯哪。另外，还有几个村子很晚还在用煤油灯呢。不过，我那时毕竟还年轻力壮，一时冲动，也没想太多，就不顾一切地蛮干了起来。”

“真傻啊！”

东一因为知道自己是孙子，所以就不客气地这么说。

“嗯，爷爷是太傻了。不过，东一啊……”

爷爷的手在膝盖上紧紧攥了一下烟袋，又接着说：

“我的做法是有点傻。不过，我放弃生意的做法，不是自夸，的确是很了不起的。我想说的是，日本发展了，自己过去的生意没用了，就应该干干脆脆地放弃。总是小气地抱住过去的生意不放，总是说还是自己生意兴旺发达的年代好，仇恨社会进步，像那种没有志气的事情是绝对不能再做的。”

东一不做声了，他盯着爷爷那瘦小而刚毅的脸看了很久很久。

过了一会儿，他说：

“爷爷您真了不起啊！”

说完，又亲切地看了一眼旁边的那盏旧煤油灯。

糖球

新美南吉

一个温暖的春日，一位远行的女人带着两个年幼的孩子，搭上了渡船。

当渡船快要开走的时候，一个武士从河堤那边跑了过来。只见他一边朝这边跑，一边挥手高喊：

“喂，等等我！”

武士跳上了渡船。

渡船出发了。

武士一屁股坐到了船中央。日头暖洋洋的，没多一会儿，他便打起瞌睡来了。

孩子们看见这个留着黑胡子的魁梧武士前仰后合地打瞌睡，觉得滑稽，就忍不住嘻嘻地笑了起来。

母亲用手指压住嘴唇：

“别出声。”

万一把武士惹火了，那可就糟了。

孩子们不说话了。

过了一会儿，一个孩子伸出手说：

“妈妈，给我一粒糖球吧。”

接着，另一个孩子也跟着说：

“妈妈，我也要一粒。”

母亲从怀里掏出一个纸包。可是，里面只剩下一粒糖球了。

“给我！”

“给我！”

两个孩子都冲母亲要起来。糖球只剩下一粒了，母亲好为难。

“好孩子，乖！等到了对岸，妈妈再去给你们买。”

可孩子们还是“我要！我要”地闹个不停。

这时，打瞌睡的武士突然睁开了眼睛，看着孩子们。

母亲吓坏了，心想：武士一定是因为瞌睡被吵醒，所以发火了。

“快别吵了！”

母亲想制止两个孩子。

可是，孩子们根本就不听。

就在这时，武士"嗖"地一下拔出刀来，走到母亲和孩子们的面前。

母亲吓得面无血色，紧紧地护住了两个孩子。她以为武士要杀掉两个孩子。

"把糖球给我！"

武士命令道。

母亲战战兢兢地把糖球递了过去。

武士把糖球放在船帮上，用刀"咔嚓"一下劈成了两瓣儿。

"给！"

他给了两个孩子一人一瓣儿。

然后，武士又坐回原处，前仰后合地打起瞌睡来。

樱花

新美南吉

健宝他们跟邻村的孩子们在土桥上格斗起来。健宝与一个小胖子扭打在一起。他想下脚绊撂倒对方，可是，对方很有劲儿，结果健宝反被打倒了。健宝被小胖子按倒在草地上，眼看就要哭出来了。搏斗中，健宝的手一下子插进了对方的胳肢窝里，那小子吃吃地笑了起来。然后，拾起自己的帽子，跑走了。就是那孩子，这回转到健宝他们学校里来了。

“青木浩志同学这次转进二年级的班里了，大家要好好跟他相处啊！”

老师说这话时，健宝想，嘿，原来他叫浩志啊！那孩子的座位正好在健宝旁边，他觉得很不好意思。但健宝还是忍不住不时地朝那边张望，那孩子的练习本跟健宝的不一样，纸又白又亮。

那孩子一个劲儿地在衣兜和书包里翻着，好像在找什么东西。健宝明白了，他是在找橡皮呢！健宝带橡皮了，但还是觉得借给他有些难为情。

“把我的借给你吧。”

健宝最后还是借给了他。那孩子默默地接过橡皮，使劲儿地擦了起来。

午休的时候，同学们一起玩捉迷藏。轮到那孩子抓了,可是他跑得很慢，所以，怎么也抓不到。健宝想，怎么不来抓我呢？这时，那孩子正好发现了健宝，跑了过来，健宝故意跑得很慢，让他在肋木旁抓到了自己。其实健宝也跑不快，最后，直到上课铃声响，他一直都在抓别人，结果，急得出了一身汗。

傍晚，当健宝去找狗的时候，听见有人从高级住宅区的树篱笆里面叫了一声：

“阿健！”

然后就倏地藏了起来。

健宝觉得好像是浩志。就在这时，从树篱笆里边“砰”地抛过来一支八重樱的大花朵。

没过两天，健宝也“阿浩，阿浩”地叫起来。不久，他们就成了好朋友。

盗贼和小羊羔

新美南吉

柔软的草地上，如同铺了一层绿色的地毯，羊群咩咩地叫着，玩着。

这时，一个盗贼刚好从这里经过。盗贼饿坏了，突然，他看到一只肥肥的小羊羔离开了羊群，自个儿在一处玩。

“那只小羊羔味道一定不错。”说着，盗贼就把那只小羊羔偷偷地揣进怀里，快步朝林子那边跑去。

到了林子里，盗贼把小羊羔从怀里掏出来，想举起一块石头砸死它。可是，小羊羔根本就不知道自己会被杀死，只是仰头看着盗贼的脸。盗贼突然可怜起它来。盗贼把举起的石头“啪”地抛到了对面的一棵树上，就又把小羊羔揣在怀里，忍着饥饿，来到了一个村子里。

在水车旁边，他遇到了一个背着面包的农民，就说：“喂，能不能用小羊羔跟你换点面包？”

农民说："当然可以，喏，我可以给你五个刚烤好的面包。"

说完，就从背后的口袋里拿出了面包。于是，盗贼用小羊羔换了面包，可是当他看到小羊羔被农民拎在手上，样子很可怜，就又决定不换了。

他又把小羊羔揣进了怀里，自言自语地说："没法子，这只小羊羔只好由我来养大了。"

他继续往前走去。

走着走着，天黑了。小羊羔想吃奶了，就叫了起来："咩咩，妈妈，妈妈，我要吃奶。"

"这可不好办了，我又没有奶给你吃。还是把你送回到原来的牧场上去吧。"

说完，盗贼就忍着饥饿，按着原路走了回去。

国王与鞋匠

新美南吉

有一天，国王打扮成乞丐的模样，一个人来到了镇上。

镇子里有一家小小的鞋匠铺，老鞋匠正在忙碌地做着鞋子。

国王走进鞋匠铺，问道：

“喂，我说老爷子，你叫什么名字啊？”

老鞋匠不知道来的人是国王，冷冰冰地说了一句：

“问别人话时，应该再客气一些。”就又“嗵嗵嗵”地干起活来。

“喂，叫什么名字？”

国王又问了一句。

“我不是跟你说过了吗？跟别人说话时，应该再客气一些。”

老鞋匠粗暴地说完后，就又接着去干活了。

国王知道自己不对了，于是便客气地请求说：

“请告诉我您的姓名吧！”

“我的名字叫马吉斯蒂尔。”

鞋匠老爷爷终于说出了自己的名字。

国王又问：

“马吉斯蒂尔爷爷，我想悄悄地问问你，你不觉得你们这个国家的国王是个傻瓜吗？”

“不觉得呀。”

马吉斯蒂尔爷爷回答说。

“那么，你不觉得他有小手指尖儿那么一点点傻吗？”

国王又问。

“不觉得呀。”

马吉斯蒂尔爷爷回答完，钉上了鞋跟。

“假如你肯说国王有小手指尖儿那么一点点傻的话，我就把这个送给你。没事，谁也不知道。”

国王从兜里掏出一块金表，放在了老鞋匠的膝盖上。

“只要我说这个国家的国王是个傻瓜，这个就归我了，对吗？”

老鞋匠放下握着锤子的手，看着膝盖上的金表。

“对，你只要小声地说一遍，我就给你。”

国王搓着手说。

就在这时，老鞋匠猛地一把抓起那块表，摔到了地板上。

“快给我滚出去！再磨蹭，我就杀了你。你这个叛徒！世界上哪里还有比这个国家的国王更伟大的人啊！”

然后，他挥了挥手里握着的锤子。

国王赶紧冲出了鞋匠铺。可当他冲出门时，头“砰”地一下子撞到了支撑遮阳布的柱子上，撞出了一个大疙瘩。

但是，国王却心花怒放。

“我的人民多么好啊！我的人民多么好啊！”

他不停地重复着这句话，跑回宫殿里去了。

拴牛的山茶树

新美南吉

一

山路旁边，长着一棵小山茶树。牵牛的利助把牛拴在了树上。

人力车夫海藏也把人力车停到了山茶树下。人力车不像牛，即使不拴，也不会跑掉。

利助和海藏上山找水喝。大约在离山路一百米左右的地方，有一眼山泉，常年冒出清凉的泉水。

两个人轮换着，双手撑在泉边的凤尾草和紫萁上，一边闻着水的凉气，一边像鹿一样喝着泉水，喝得肚子咕噜咕噜直叫。

山里的春蝉已经开始鸣叫了。

“啊，又开始叫了，一听到这叫声，天气就要热了。”

海藏戴上圆顶斗笠说。

“以后每次经过这里，都可以到这儿来喝泉水了。”

喝了泉水之后，利助出汗了，他一边说，一边用手巾不停地擦汗。

“要是离路边再近一点就好了。”海藏说。

“可不是嘛！”利助应和道。喝了这里的泉水之后，几乎所有的人都会这么说。

当他们俩返回到山茶树边上时，发现那里停着一辆自行车，车旁站着一个男人。那时候，日本刚刚引进了自行车，乡下有自行车的人，肯定都是有钱人家的老爷。

“那是谁呀？”利助提心吊胆地说。

“可能是区长吧。”海藏说。

走近一看，原来是镇上的一个老地主，这一带的土地都是他的。还有一点十分清楚，那就是他已经暴跳如雷了。

“喂喂喂，这头牛是谁的？”

地主一看到他们俩，就怒吼起来。那头牛是利助的。

“是我的牛。”

“是你小子的牛？你看看，山茶树的叶子都被吃光了，成了秃树。”

两个人朝拴牛的山茶树一看，果然像老地主说的那样，嫩叶全被牛给啃掉了，整棵树只剩下了树干，像一根难看的拐杖立在那里。

利助想，这下可闯祸了。他红着脸，赶紧解开了树上的绳子。为了表示歉意，他还用缰绳抽了一下牛脑袋。

不过，仅仅这样做，地主是不会原谅他的。他像训小孩一样，把老大不小的利助臭骂了一顿，然后啪啪地拍着自行车的车座，说：

“好了，不管怎么说，你得给我把叶子恢复成原样。”

可这怎么可能啊。海藏也赶紧摘下圆顶斗笠，替利助陪不是。

“算了算了，这一次就饶了他吧。利助不知道牛会啃山茶树的叶子，所以才拴在上面的。”

地主好不容易才压住了火气，可因为刚才乱骂了一通，所以身体还在发抖。他蹬了两三下车蹬子，才总算骑上去，走了。

利助和海藏朝村子里走去。不过，谁都没有说话。都已经是这么大的人了，还被人臭骂一顿，实在是窝囊。海藏能体谅到利助的心情。

“那眼泉水，要是离路边再近一点就好了！”

“可不是嘛！”利助答道。

二

海藏来到人力车夫聚集的地方，见到了挖井的新五郎。说是人力车夫聚集的地方，其实就是村子街头一家点心店。新五郎正在那里一边嚼着麻花，一边大声讲述着无聊的事。由于他总是从井底冲上面的人说话，所以嗓门特别大。

“我说水井新啊，挖一口水井到底要多少钱？”

海藏自己也从点心盒子里抓了一根麻花，一边嚼一边问。

水井新详细说明了人工费要多少钱，围水井的陶管要多少钱，填补陶管接缝的水泥要多少钱，最后他说：

“一般来说，挖一口水井，有三十块钱就足够了。”

“嚯，要三十块呢！”

海藏的眼睛瞪得大大的，咯吱咯吱地嚼了一会儿麻花。随后他又问：

“如果在新田山脊那儿挖的话，能挖出水来吗？”

他说的，就是利助拴牛的山茶树那一带。

“嗯，那里肯定能挖出水来的，前面的山里有泉水，那地底下准有水，不过，在那里挖井干什么？”

水井新问。

“嗯，我只是随便问一问。”海藏只这么回答了一句，没说理由。

海藏拉着空人力车回到家里的时候，嘴里还不住地叨咕着：“三十块啊……三十块啊。”

海藏和年迈的母亲住在竹林前面的一间小茅草屋里。母子二人靠种田为生。农闲时，海藏会出去拉人力车。

母子俩最开心的，是吃晚饭的时候，聊聊这一天里所发生的事。年迈的母亲说，邻居的母鸡今天头一回下蛋了，但是鸡蛋出奇地小；蜜蜂好像要在后门的刺叶桂花树上筑巢了，昨天和今天都飞来察看，要是它们在那儿筑蜂巢，去大酱棚取大酱时可就危险了。

海藏说起今天去喝泉水时，利助的牛把山茶树叶子吃光了的事情。

“那一带的路边，要是有一口水井就好了。”

“那是！要是路边有口水井，大家可就方便了。”

说完，母亲就数起大热天从那条路经过的人来了——从大野镇拉着车来卖油的，从半田镇往大野镇送信的，从村里跑到半田镇换烟袋嘴的阿富，还有马车夫、赶牛车的、人力车夫、朝拜的人、乞丐、学校的学生等等。这些人走到新田山脊那里，正好都口渴得要命。

母亲接着说：

“所以，要是路边有口水井，大家可就方便了！”

海藏告诉母亲说，大约花三十块钱就可以挖一口水井。

母亲说：“像咱们这样的穷人家，三十块钱可是一个不小的数目啊！不过对于像利助那样的暴发户来说，三十块钱根本就不算什么。”

海藏想起来了，听人说，前些日子利助靠山林赚了一大笔钱。

冲了个澡，海藏就到利助家去了。

后山上，猫头鹰咕咕地叫着。山崖上的仁左卫门的家里，有人在念经，窗上映着灯光，木鱼的响声一直传到了崖下的山路上。已经是晚上了。海藏到利助家一看，勤劳的利助还在牛棚里吭哧吭哧地埋头干活呢。

“好勤快啊！”

海藏说。

“是你啊！后来我又到半田镇跑了两趟，回来晚了。”

利助说完，从牛肚子底下钻了出来。

两个人坐在了走廊上。

“今天我们不是路过新田山脊了吗？”海藏先开了口，“如果在那条路边上挖口水井，大家可就方便了。”

“那是方便了。”利助应和着说。

“就是因为泉水离路边太远了，所以我们没发觉牛吃了山茶树的叶子。”

“你说得没错。”

“有三十块钱，就可以在那里挖一口水井了。”

“是嘛，三十块钱啊。”

“是啊，说是有三十块钱就行了。”

“要三十块钱啊。”

说归说，可是利助好像根本就没有领会海藏的意思，海藏只好直说了。

“利助，你就拿出这笔钱来吧，听说你靠山林赚了不少钱。”

利助刚才还谈得挺起劲儿，可一听到这话，突然哑巴了，而且还拧了一把自己的腮帮子。

“怎么样啊？利助。”

过了一会儿，海藏又催促说。

可是利助仍然像块石头似的，默不做声。看样子，利助对这件事不感兴趣。

“三十块钱就够了啊。”海藏又说。

“凭什么要我出这三十块钱？又不是我一个人喝，别人也要喝的呀，为什么只让我一个人出钱？这我不能理解。”利助终于说话了。

海藏再三解释说是为了大家，可是利助就是不愿意。最后，利助说他不想再谈这件事了，就冲着屋里大声嚷嚷道：

“孩子他娘，饭做好了吗？我肚子饿了。”

海藏站了起来。他终于彻底明白了，利助拼命干活，只是为了他自己。

在黑漆漆的夜色中，海藏一边走，一边想：看来，这件事不能指望别人，只能依靠自己的力量了。

三

远行的人和去镇上的人都发现，新田山脊下边的山茶树上，挂着一个像布施箱似的小木箱，上面有块牌子，这样写着：

“本人欲在此挖一口水井，供过路人饮用。有心人请施舍一钱、五厘均可。”

这块牌子是海藏做的。证据就是，五六天之后，海藏趴在山茶树

对面的山崖上，从金雀花下面探出脑袋，看人们施舍的情形呢。

不一会儿，一位老奶奶，推着婴儿车，从半田镇那边回来了。大概是去卖花了。老奶奶的目光停在了小木箱上，冲着牌子端详了好一会儿。可老奶奶不认字，只听她一个人叨咕道：

“又没有地藏菩萨什么的，干嘛在这儿挂一个布施箱呢？”

说完，老奶奶就走了。

海藏将托着下巴的右手，换成了左手。

接着，又从村子那边来了一位后襟掖在裤腰里的罗圈腿老爷爷。

“是庄平的爷爷。这老爷子虽然是老一辈的人了，但应该是认字的。”

海藏自言自语地说。

“这是什么呀？”

老爷爷的目光停在了小木箱上，探着身子，叽叽咕咕地读起牌子上的字来。读完了，他十分感慨地说：“好主意，哈哈，好主意啊！”然后，就在兜里摸了起来，海藏还以为他是想施舍，谁知掏出来的竟是一只破旧的香烟盒。老爷爷在山茶树底下抽了一根烟，就走了。

海藏爬起来，朝山茶树那边滑了下去。

他取下小木箱，摇了摇，没有任何收获。

海藏失望地叹了一口气。

“还是不能指望别人的帮助啊。既然这样，只有依靠自己的力量来完成了。”说着，海藏就朝新田山脊走去了。

四

第二天，海藏把客人送到大野镇之后，就回到了村里，走进了一家茶馆。村里的车夫们拉完一趟车之后，都会跑到这里来，一边等下一位客人，一边歇脚。这天，在海藏来之前，已经有三位车夫在那里歇着了。

一走进去，海藏就和往常一样，仰面朝天地躺在了摆着点心盒的台子后面，顺手去抓麻花。因为车夫们在等客人的这段时间里，实在是没事可干，所以就养成了一个顺手揭开点心盒盖，去抓里面的麻花、糯米花糖、烤鱿鱼干和高粱饴糖来吃的习惯。海藏也不例外。

不过今天，海藏把刚抓起来的麻花，又放回到原来的盒子里。

车夫阿源看见了，问：

“怎么了？海藏，难道那麻花撒上了老鼠尿不成？”

海藏红着脸回答：

“哪儿的话啊，我只是今天没什么胃口。”

“嘿嘿，你脸色不是挺好的吗？看不出有什么不舒服的样子啊！”阿源又说。

过了一会儿，阿源从玻璃罐里抓了一把糖块儿，把其中一颗“嗖”地朝上一抛，然后用嘴一下子接住，说：

“怎么样，海藏，咱们来玩这个吧。”

直到昨天为止，海藏还经常和阿源玩这个游戏。两个人总是比赛，接得少的人要给对方买点心吃。而且，这是海藏的拿手把戏，别的车夫都不是他的对手。

可是现在海藏却说：

“从早上开始，我的大牙就疼得要命，不能吃甜的东西。”

“是嘛，要是那样，阿由，咱们俩玩吧。”

说完，阿源就和阿由玩了起来。

两个人将五颜六色的糖块向屋顶抛去，然后，用嘴去接，可是，有的是正好掉到了嘴里，有的却不是打在鼻子上，就是掉到了烟灰缸里。

海藏在一边看着，心想，如果是自己，保证个个准确无误。阿源和阿由总是失误，他的心里都有点痒痒，本来想说“来吧，还是让俺来给你们表演表演吧”，可他还是忍住了。真是让人难受啊。

要是快点有客人来就好了，海藏眯缝着眼睛，朝明晃晃的马路那边张望。可是，客人还没来，店里的老板娘却端着刚烤好的、热乎乎的大煎饼出来了。

车夫们高兴极了，一人拿了一个。海藏也忍不住伸了伸手，但最后还是忍住了。

这时，就听阿源说：

“海藏，你这是怎么了？一分钱都不舍得花，你是不是想偷偷地攒钱盖大粮仓啊？”

海藏苦笑着，走到了店门外面。他在水沟边上折了一根莎草，逗起青蛙来。

海藏已经下定了决心。从今往后，要把那些花在吃点心上的钱全部攒起来，在新田山脊下边，为大家挖一口水井。

海藏的肚子和牙齿根本不疼。他也很想吃点心，可是为了挖井，他决定改掉以前的习惯。

五

两年过去了。

当那棵被牛吃光了叶子的山茶树，开出了三四朵山茶花的时候，有一天，海藏来到了住在半田镇的地主家里。

大约从两个月前开始，海藏就不停地到地主家来。挖井的钱准备得差不多了，他怕最后地主不让挖，所以才一次又一次地登门请求。这个地主，就是上次把拴牛的利助臭骂了一顿的那个老人。

海藏一进门，就听见屋里传来一声很响的打嗝声。

一问才知道，老地主从昨天开始，嗝儿就没有停过，身体十分虚弱，已经卧床不起了。于是，海藏连忙跑到枕边去看望他。

老人不停地打着嗝儿，盖着的被子抖动着。老人一看到海藏，就顽固地说：

“不行！不管你来求多少次，俺都不会同意你挖井的。他们说，这嗝儿再打上一天，俺就死定了。但就是死到临头，俺也不会同意的。”

海藏觉得，跟一个死到临头的人再这样争下去，也没什么用了，于是，就告诉他了一个对付打嗝儿的秘方：把一支筷子放在碗上，然后一口气把碗里的水喝光。

就在海藏快要走出大门的时候，地主的儿子追上来说：

“我们家的老爷子实在是太顽固了，真没办法。等我继承了家业，我会同意你挖井的。”

海藏听了喜出望外。看样子，那个老人用不了两三天就得死。那样，他儿子就可以继承家业，就会同意挖井了，这实在太好了。

这天晚上，吃完晚饭，海藏对年迈的母亲说：

“那个顽固不化的老爷子死了之后，他儿子就会同意我挖井了。再过两三天，他要是能死了就好了。”

听了这话，年迈的母亲说：

“你呀，光想着自己的事情，心眼儿都变坏了。盼着别人死，真是太不好了。”

母亲说得对呀，海藏的心，被深深地撼动了。

第二天一大早，海藏就到地主家去了。一进门，就听到了比昨天还要无力、如同痉挛一般的打嗝儿声。他知道，地主的身体已经相当虚弱了。

“你又来了，我父亲还活着呢。”地主儿子走出来对他说。

“不，我是想在老爷子还活着的时候，见他老人家一面。”海藏说。

老人憔悴地躺在那里。海藏跪在他的枕边，说：

“我是来向您赔罪的。昨天，我离开这里的时候，您儿子对我说，等您死了，就会同意我挖井，我听了，就产生了坏念头，甚至盼着您早一点死。我只想着自己挖井的事，盼着您死，我的心简直像魔鬼一样。所以，我来向您赔罪。挖井的事就算了，我再另找别的地方。求求您了，您千万别死！”

老人默默地听着，然后又沉默了许久，抬头望着海藏。

“你真是个令人佩服的人啊！”老人终于开口说道，“你心地善良，而俺这一辈子却只顾满足自己的私欲，从来没有考虑过别人的事情。俺头一次被你的菩萨心肠打动了。像你这样的人，现在这个年代真是少见啊！好吧，俺同意你在那里挖井，随便挖什么样的井都行。如果那里挖不出水来的话，你可以换个地方，找你喜欢的地方挖，反正那一带都是俺的土地。对了，还有，挖井的费用如果不够，俺可以给你出，出多少都行。俺可能明天就会死，这事俺会写在遗嘱上的。”

听了这番意想不到的话，海藏觉得无言以对。不过，能使这个贪得无厌的老人在临死之前变善良，海藏还是很高兴的。

六

当新田山脊阴暗的上空响起烟花的爆炸声时，已经是暮春的一个晌午了。

一支队伍从村子的方向朝新田山脊走来。走在队伍前头的，是一个穿着黑衣服、戴着黑黄帽子的士兵，他就是海藏。

从新田山脊上走下来，可以看见路边有一棵山茶树。这会儿，山茶花已经凋谢了，树上长出了浅绿色的嫩叶。路的另一边，在山崖被削掉了一点的地方，有一口新挖的水井。

走到这里，队伍站住了。因为走在队伍前头的海藏站住了。两个放学回家的孩子从井里打上来清澈的泉水，正咕嘟咕嘟地喝着。海藏笑眯眯地望着他们。

“我也要喝个痛快！”

等孩子们喝完了，海藏一边说，一边走到了水井旁边。

他朝井里一看，新挖的水井里，清澈的泉水在源源不断地涌着，恰似海藏这时的喜悦心情。

海藏打了一桶水，甜美地喝着。

"我已经没有什么遗憾了。虽然微不足道，但我做了一件对别人有益的事情。"

海藏真想对谁倾诉一番，可是他没有这么做，只是笑了笑，就朝镇子的方向走去了。

日本和俄国在大海的另一头开战了。海藏远渡重洋，去参加这场战争了。

七

战争结束了，海藏没有回来。

不过，海藏的这口水井，至今还在。山茶树下的清泉还在咕嘟咕嘟地喷涌着。走累了的过路人，喝口水润润嗓子，又精神百倍地继续赶路。

花木村和盗贼们

新美南吉

一

从前，有五个盗贼来到了花木村。

这是一个初夏的中午，新竹将细嫩的绿芽伸向天空，春蝉在松林里吱吱地叫着。

盗贼们从北面沿着小河走了过来。花木村的村头，是一片长满了山楂树和苜蓿草的绿色原野，孩子和牛正在那里玩着。看到这一情景，盗贼们就知道这是一个和平的村子。他们十分高兴，这样的村子里，一定住着有钱的大户人家。

小河顺着竹林流过，轱辘轱辘地转动着架在上面的水车，一直向村子里流去。

来到竹林边上，盗贼的头儿说话了：

“好了，我就在这片竹林里等着，你们给我进村去看一看。记住，你们才当上盗贼，可千万不要给我搞砸了！看到有钱的人家，要看看他们家哪扇窗户好砸，家里有没有狗，要看个清楚！听见了吗？釜右卫门！”

“听见了！”釜右卫门答道。

直到昨天，他还是一个走街串巷的钉锅匠，给人打饭锅和铁茶壶。

“听见了吗？海老之丞。”

“听见了！”

海老之丞答道。

直到昨天，他还是一个锁匠，挨家挨户给人家的仓库和柜子配锁头。

“听见了吗？角兵卫！”

“听见了！”

还是个少年的角兵卫答道。

他从前是一个耍狮子的艺人。直到昨天，还在人家门外拿大顶，翻跟头，靠跟人家要一两文钱度日。

“听见了吗？刨太郎！”

“听见了！”

刨太郎答道。

他是从江户来的，是个木匠的儿子。直到昨天，他还在周游各地，研究寺庙、神社大门的构造，学习木匠技术。

“好了，你们去吧。我是师傅，就在这里抽一袋烟，等着你们回来。”

于是，盗贼的弟子们便进到花木村里面去了。

釜右卫门打扮成钉锅匠，海老之丞打扮成锁匠，角兵卫像耍狮子似的滴滴答答地吹起了笛子，刨太郎打扮成木匠的模样。

等弟子们都走了，盗贼头儿就坐在河边的草地上，像刚才对弟子们说的那样，一边一口接一口地抽着烟，一边露出一副盗贼的嘴脸。这是一个真正的盗贼，他从很早以前就开始放火、偷窃。

“直到昨天，我还是一个孤零零的盗贼，今天却当上了盗贼的师傅。不过，当上了盗贼师傅才知道，还真是不赖啊。可以叫徒弟们为我去做事，而我自己呢，就这么躺在这儿等着就行了。”

头儿无所事事，就一个人自言自语地唠叨着。

不一会儿，弟子釜右卫门跑回来了。

“大头儿，大头儿！”

头儿一下子从大蓟花旁坐了起来。

“见鬼，吓了我一跳。不许叫‘大头儿’！听上去就像是叫我‘呆头儿’似的，只叫头儿就行了。”

刚当上盗贼的釜右卫门道歉说：

“对不起。”

“村子里的情况怎么样？”

头儿问。

“哎呀，头儿，好极了！我找到了，我找到了。”

“找到什么了？”

“找到一户大户人家，这家的饭锅，是一口足足可以煮三斗米的大锅，那可太值钱了！对了，寺庙里的吊钟也相当大，要是把它砸碎了，起码能打五十把铁茶壶！没错，我是不会看走眼的。您要是不信，我可以打给您看。”

“别在那儿吹牛了！”

头儿狠狠地训斥了弟子一通。

“你小子还没有改掉钉锅匠的本性，这样不行。难道派你去就是为了看那些破饭锅和吊钟啊？还有，你手里拿着这口漏底的锅干什么？”

“啊，这个呀，我从一户人家门前经过时，它正挂在罗汉松篱笆墙上晒太阳呢。我一看，它屁股上漏了一个洞，就忘记自己是个盗贼，马上对那家女主人说：‘这口锅，只要二十文钱我就能给您修好。’”

“你真是个大傻瓜！就因为你没有记住你现在要干的是盗贼的活儿，才干出了这种蠢事。”

头儿摆出一副头儿的架势，训了弟子一顿，然后命令釜右卫门道：

“你再给我回到村子去，好好看看！”

釜右卫门拎着那口漏底的锅，挥来挥去的，又一次进了村。

过了一会儿，海老之丞回来了。

“头儿，这个村子不行啊！”

海老之丞有气无力地说。

“怎么了？”

“哪家的仓库都没有像样的锁头，只上了把连孩子也能拧开的锁头。这么一来，哪还有我的生意呀。”

“你的生意？”

“哎？……配锁呀。”

“你小子也是本性难移啊！”

头儿大声叱责道。

“啊，对不起。”

“不就因为有了这样的村子，我们才有生意可做吗？仓库的锁连孩子也能拧开，我们的生意不是更好做了吗？你这个大傻瓜！再去重新看一遍！”

“原来是这样！正因为有了这样的村子，才有生意可做啊。”

海老之丞连连感叹，又走进村子去了。

接着回来的，是少年角兵卫。角兵卫一路吹着笛子，所以当他还远在竹林里没露面的时候，头儿就已经知道是他回来了。

“你滴滴答答地要吹到什么时候？当盗贼的，要尽量不发出声音！”头儿骂道。

角兵卫不吹了。

“说给我听听，你小子都看到什么了？”

“我沿着河边走了好一会儿，发现一座小房子前面的院子里，长满了玉蝉花。”

“嗯，后来呢？”

“那户人家的屋檐下，有一位头发、眉毛和胡子雪白的老爷爷。”

“嗯，那老头儿没有把装着金币的坛子藏在走廊下边吗？”

“那老爷爷正在吹笛子。虽然是根不怎么值钱的竹笛，可音色却十分优美。我还是第一次听到那么美妙的笛声呢。见我听得入迷了，老爷爷就笑眯眯地一连吹了三首长曲子。我一连翻了七个跟头给他看，以表谢意。”

“真够呛！后来呢？”

“听我夸这笛子是根好笛子，老爷爷就告诉我做笛子的竹林在哪里，说这笛子就是用那里的竹子做的。我去老爷爷说的那片竹林一看，果真有几百根漂亮的竹子。”

“从前有过竹子里放金光的传说，怎么样，没有金币掉下来吧？”

“后来，我就沿着河一直往前走，看见一座小尼姑庵，里面正在举行预祝丰年的仪式。院子里全是人，正在给只有我笛子那么大的释迦牟尼佛像浇甘茶呢。我也浇了一碗，还要了一碗喝了。如果有茶碗，我就会给头儿您也带回来一碗的。”

“真够呛！多么天真浪漫的盗贼啊！在那样的人群中，你应该注意的是别人的腰包和袖兜！呆瓜，把笛子放下，你也再回去给我好好看看！”

角兵卫被骂了一通之后，就把笛子放在草地上，又进村去了。

最后一个跑回来的是刨太郎。

“你小子也没看到什么好东西吧！”

头儿也不问了，就先这么说了一句。

“不，我发现了一个大财主，大财主啊！”

刨太郎激动地说。一听说是大财主，头儿乐了。

“噢，是个大财主吗？”

“大财主，大财主，有一座好气派的房子。”

“嗯。”

“就说客厅那天花板吧，是用一整块萨摩杉树的板做成的！要是我们家老父亲见了，不知会有多高兴呢，我都看呆了。”

“这可太有意思了。怎么样，你想把那块天花板给拆下来？”

刨太郎这才想起来自己是盗贼的弟子。身为盗贼的弟子，也未免太缺心眼了，刨太郎不好意思地垂下了头。

于是，刨太郎也再次返回村子，重新察看去了。

“真够呛！”

剩下盗贼头儿一个人之后，他仰面朝天地倒在了草地上，自言自语地说：

“唉，盗贼头儿也不好当啊！”

二

突然，传来了一大群孩子的叫喊声：

“盗贼！”

“盗贼！”

“快，抓住他！”

头儿一下子跳了起来。虽说是孩子的声音，可听到这么一喊，身为盗贼的他还是吓了一大跳。在那一瞬间，他想，是跳进河里逃到对岸去呢？还是钻进竹林里藏起来呢？

可是，孩子们却挥动着绳子、玩具捕棍，朝远处跑去了。原来孩子们是在玩抓盗贼游戏呢。

“啊，原来是孩子们在玩啊。”

头儿松了一口气。

“虽说是游戏，可抓盗贼游戏也不是什么好游戏啊。现在的孩子真不像话，这样下去，前途令人担忧啊。”

自己明明是个盗贼，却自言自语地说出这样的话来，他又躺回到草丛中。

“叔叔！”

就在这时，背后有人叫他。

回头一看，一个七岁左右的可爱小男孩，牵着一头小牛犊站在那里。从他那端庄的面容和白嫩的手脚来看，不像是农民的孩子。可能是有钱人家的少爷跟仆人来郊游，缠着要牵小牛犊吧！不过奇怪的是，他白嫩的小脚上，像是要出远门的人一样，穿着一双小草鞋。

“你牵一下这头牛。”

头儿还没开口，小男孩突然来到他身边，把红缰绳塞到了头儿的手里。

头儿嚅动了一下嘴巴，本想说点什么，可还没等他说出口，孩子已经去追赶远处的孩子们了。他生怕落后似的，头也不回地跑远了。

就在这一愣神的工夫，头儿手上就多了一头小牛犊，他一边呵呵地笑着，一边望着小牛犊。

一般的小牛犊，都会蹦蹦跳跳地跑个不停，让牵牛的人头痛，可这头小牛犊却老实得出奇，只见它眨巴着水汪汪的大眼睛，乖乖地站在头儿的身边。

“哈哈哈。”

头儿忍不住捧腹大笑起来。

“这下可以跟徒弟们炫耀一番了！看，就在你们呆头呆脑地在村子里乱转的时候，我已经偷到一头小牛犊了！”

接着，他又哈哈哈地大笑起来。笑得过头了，连眼泪都笑出来了。

“啊，太可笑了。笑得连眼泪都流出来了。”

可是，眼泪却一直流个不停。

“哎呀哎呀，这是怎么回事啊？我怎么会流泪呢？这不等于是在哭了吗？”

是的。盗贼头儿的确是在哭呢！

头儿是高兴。至今为止，自己一直都是被人冷眼相待。只要他一靠近，人们就会说“可疑的家伙来了”，又是关窗，又是放帘子。他过去一搭话，本来有说有笑的人会像一下子想起了什么事似的，把脸转向一边。就连浮在水塘上面的鲤鱼，发现他站在岸上，也会砰地一个转身沉到水底去。有一次，他给一个耍猴人背上的一只猴子喂柿子，那猴子竟然一口没吃就把柿子丢在了地上。人们都讨厌他，人们都不相信他。可是，这个穿草鞋的小男孩竟然把小牛犊交给身为盗贼的他照管。孩子以为他是好人。而且，这头小牛犊也丝毫不讨厌自己，老老实实地待在那里。好像他是母牛一样，就那么依偎在他身边。孩子和小牛犊都相信他。他身为盗贼，还是头一次碰到这样的事呢。能够得到别人的信赖，是一件多么让人高兴的事啊……

于是，头儿的心变得纯净起来。童年的时候，他曾经有过这样的心。可是后来好长一段时间，他的心一直都是罪恶肮脏的。头儿的心好久没有这么纯净过了。这就如同原来穿着一件脏兮兮的衣裳，突然间被换上了一身节日的盛装，那种感觉奇妙极了。

这就是头儿泪流不止的原因。

很快就到了黄昏。松蝉不叫了。村子里升起了白色的炊烟，缓缓地朝原野这边飘了过来。孩子们跑得好远，“藏好了吗？”“还没有呢！”好多个声音交织在一起，听不清楚了。

头儿觉得那个孩子该回来了，于是就在那里等着。他想等那个孩子回来，不让他看出自己是盗贼，就“嗨”的一声，痛痛快快地把小牛犊还给他。

可是，直到孩子们的声音消失在村子里，穿草鞋的小男孩也没有回来。挂在村子上空的月亮，好像一面刚刚擦过的镜子一样，闪闪发光。远处的森林里，猫头鹰每隔一会儿就叫上两声。

小牛犊大概是肚子饿了，身体向头儿凑了过来。

“有什么办法，我又没有奶给你吃。”

说罢，头儿摸了摸小牛犊的花斑脊背，眼睛里又流出了泪水。

这时，四个弟子一起回来了。

三

“头儿，我们回来了。咦，这头小牛犊是怎么回事啊？哈哈，头儿果真不是一般的盗贼啊。我们在村子里才转了这么一圈，您就已经得手了！”

釜右卫门看着小牛犊说。

头儿怕弟子看见自己一脸的泪水，就把头转向了别处说：

“嗯，本来是想跟你们炫耀一番的，可事实上并不是那么回事。说来话长啊。”

“哎呀，头儿，您不是在流……泪吧？”

海老之丞低声地问道。

“眼泪这玩意儿，一流起来就没完没了。”

头儿用袖子擦了擦眼睛。

“头儿，这回可以让您高兴了！我们四个人，这次我们可是像盗贼一样地把村子里面好好搜索了一遍。釜右卫门看清楚了，一共有五户人家有金茶壶；海老之丞仔细研究了五座仓库的锁头，确认只要用一根弯钉子就可以撬开；我是木匠，我看过了，这把锯子轻而易举就能把仓库的后墙锯开；角兵卫也不含糊，穿着木屐就翻过了五堵墙。头儿，请您夸夸我们吧！”

刨太郎得意洋洋地一口气说完。可是，头儿却所答非所问：

“我是受人之托，在照管这头小牛犊呢。可是那孩子到现在也没来取，真是麻烦。对不起，你们几个分头去给我找找那个孩子好吗？”

“头儿，您是想把小牛犊还给那孩子吗？”

釜右卫门露出一脸不解的表情。

“没错。”

“盗贼也干这种事吗？”

“你就别多问了。这一次，说什么都得还。”

“头儿，您可要牢牢地保持住盗贼的本性啊！”

刨太郎说。

头儿苦笑着，把事情的经过原原本本地告诉了弟子们。听他这么一说，大家都明白了头儿的心情。

于是，弟子们便去找那孩子。

“是一个穿着草鞋的可爱小男孩，七岁左右啊。”

头儿叮嘱过之后，四个弟子就纷纷出发了。头儿坐不住，也牵着小牛犊去找那孩子了。

月光下，五个盗贼牵着一头小牛犊，在隐约可见野蔷薇和白色水晶花的村子里，找起那孩子来。

玩完了捉迷藏，那孩子说不定还藏在什么地方吧？于是，盗贼们就找开了。蚯蚓唱歌的路旁，小佛堂的走廊下边，柿子树上头，仓库里，飘香的橘子树后面，都找了一遍。他们也问过别人有没有看到那孩子。

可是，最终也没有找到那个孩子。农民们点上灯笼，过来照了照小牛犊，都说这一带没有见过这样的小牛犊。

“头儿，今晚就是找个通宵也没用了。还是算了吧。”

海老之丞坐在路边的石头上，疲惫地说。

“不行，说什么也要找到那孩子，把小牛犊还给他。”

头儿坚持着说。

“没办法，只有最后一招了，就是到村吏那里去报案。但是，头儿恐怕不会愿意去那种地方吧。”

釜右卫门说。所谓的村吏，按现在的说法，就是村派出所的警察。

“嗯，只有这招儿了。”

头儿沉思起来。过了一会儿，他摸了摸小牛犊的头，说：

“那就去那里吧。”

话没说完，头儿已经开始迈步了。弟子们吃了一惊，但也只能跟在后面一起去了。

当找到村吏家，见出来的是一位眼镜快要滑落到鼻尖上的老人，盗贼们总算放心了。他们想，这样的话，万一见事不妙，可以一头撞开老头儿逃之夭夭。

头儿说了那个小男孩的事，又说：

"我们找不到那孩子了，正在为难呢。"

老人打量了一下五个人的面孔，问：

"我看你们都不像是这一带的人，你们是从哪里来的啊？"

"我们是从江户来，要往西边去。"

"不会是盗贼吧？"

"不，怎么会呢？我们都是走街串巷的手艺人。有钉锅匠，有木匠，还有锁匠。"

头儿连忙说。

"嗯，我太失言了。你们不是盗贼，盗贼怎么会还东西呢！如果是盗贼，别人寄放了东西，肯定会偷偷地把东西藏起来。对不起，你们好心好意送回来，我却说了那么难听的话。可能是职业习惯吧，我总是会去怀疑别人。只要一看到生人，我首先就会想这家伙是不是骗子，是不是小偷。请别介意。"

老人说明了原委，道了歉，然后就收下小牛犊，让男仆带到仓库那边去了。

"各位旅途一定劳累了吧？我这里有一瓶西公馆太郎先生送的好酒，本想一边赏月，一边坐在屋檐下的走廊上喝的。大家来得正好，就陪我一起喝吧！"

好心肠的老人说着，把五个盗贼带到了走廊。

于是，他们就开始喝起酒来。五个盗贼与一个村吏完全放松了，简直就像是十年前就认识的老朋友一样有说有笑。

这时候，盗贼头儿发觉自己又流泪了。看到这情景，村吏说：

“你是不是一喝醉就爱哭啊？我可是个一喝醉就爱笑的人，而且一看到有人哭了，就忍不住笑得更厉害。请您别介意，我可是要笑了。”

说完，老人就张开嘴哈哈大笑起来。

“哎呀，眼泪这玩意啊，真是一流起来就没完没了。”

头儿眨巴着眼睛说。

后来，五个盗贼道了谢，离开了村吏家。

出了门，走到柿子树旁时，头儿好像想起了什么似的，一下子站住了。

刨太郎问：

“头儿，忘记什么东西了吗？”

“嗯，忘了。你们再跟我一起回去一趟吧。”

头儿说完，带领弟子们又进了村吏家。

“老人家！”

头儿跪在地上说。

“怎么了？愁眉苦脸的，是不是要再大哭一场给我看啊？哈哈哈！”

老人笑了起来。

“其实我们是盗贼。我是头儿，他们是我的徒弟。”

听了这话，老人的眼睛瞪得圆圆的。

“是的，您肯定会吃惊的。我本来没想坦白，可老人家您是一位好心人，看到您把我们当成正经人，这么信任我们，我觉得不能再欺骗您了。”

说完，盗贼头儿把从前干过的坏事全都坦白了。最后他说：

“不过，他们几个昨天刚做了我的徒弟，还什么坏事都没有干呢。请您发发慈悲，就原谅了他们吧！”

第二天早上，钉锅匠、锁匠、木匠和耍狮子的角兵卫走出花木村，分别朝不同的方向走去。四个人一路低头走着，想着头儿的事。头儿是个好头儿，正因为是个好头儿，所以他们不得不牢牢记住头儿的吩咐：“你们绝对不能再当盗贼了。”

角兵卫从河边的草丛里捡起笛子，滴滴答答地吹着走了。

四

就这样，五个盗贼改邪归正了。可是，开头的那个小男孩到底是谁呢？花木村里的人到处寻找那个小男孩，是他把村子从盗贼手里救了出来，可是最终也没有找到。于是，人们就得出了这样一个结论——那个小男孩，也许是一直立在土桥边上的地藏菩萨吧！

证据就是它穿着草鞋呢！不知为什么，村里的人们经常给这个地藏菩萨送草鞋，正好那天地藏菩萨的脚边也放了一双新的小草鞋。

虽说地藏菩萨穿草鞋走路，是一件不可思议的事情，但是世界上有这么一点不可思议的事情不是挺好嘛！而且，这已经是很久以前的事情了，究竟是怎么回事都无所谓了。不过，如果这件事是真的，那就是因为花木村的人个个心地善良，所以地藏菩萨才从盗贼的手里把他们救了出来。这样说起来，只有心地善良的人，才能住在村庄这样的地方了。

跟在后面的蝴蝶

新美南吉

一

有一个老爷爷一直在街头卖气球。这些气球有红的、蓝的、黄的、紫的，一只只圆气球碰来碰去，在风中飘动着。

一只白色的蝴蝶，每天都会飞到气球这里来，从早上玩到晚上。

在这么多的气球中，白蝴蝶跟一只最小的红气球最要好。

有一天，一个看孩子的阿姨背着小宝宝走过来，花了一分钱，把那只小红气球给买走了。

被带走的时候，红气球说：

“蝴蝶，再见了！”

可是，白蝴蝶却说：

“不，我会跟你走。”

于是，白蝴蝶就翩翩地跟着红气球飞去了。

那个看孩子的阿姨穿过林荫道，朝公园那边走去。红气球被一根线拴着，跟在她后面，而红气球的后面，则跟着那只白蝴蝶。

一走进公园，看孩子的阿姨就坐在一张长椅上，唱起了摇篮曲：

睡睡睡，睡吧。

睡睡睡，睡吧。

小宝宝还没睡着，她倒先迷迷糊糊地打起瞌睡来了。

白蝴蝶担心地问气球：

“接下来，你要去哪里呢？”

红气球说：

“我也不知道。”

就在这时，看孩子的阿姨把拴着气球的线松开了。圆圆的红气球朝天上飘去。

白蝴蝶也跟在后面飞了起来。

“我还不知道要飘到哪里去呢！蝴蝶，你回去吧！”红气球说。

“不，我要跟你一起去。”白蝴蝶说。

红气球和白蝴蝶飞到了高高的天空，从上往下看，镇子就像积木一样小了。

“不要再跟着我了，我还不知道要飘到哪里去呢！”红气球又说。

可是，白蝴蝶还是跟着红气球。

不一会儿，就再也看不见红气球和白蝴蝶了。

树的节日

新美南吉

树上开满了美丽的白花。树为自己的样子是如此美丽而感到格外高兴。可是谁也不来夸它一声“好漂亮”，它觉得很没劲。这也难怪，树孤零零地立在没有人走过的绿色原野当中。

柔和的风从树旁轻轻吹过。风带走了树上的花香，花香穿过小河，越过麦田，又滑下山崖。最后，飘到了群蝶飞舞的土豆田里。

“咦？”一只落在土豆叶子上的蝴蝶抽动着鼻子说：“好香啊！好醉人的香味儿啊！”

“准是什么地方开花了吧？”落在另一片叶子上的蝴蝶说：“一定是原野当中的那棵树开花了。”

接着，随着一声声惊叹，土豆田里的一只只蝴蝶全都发觉了随风飘来的馥郁的花香。

蝴蝶最喜欢花香了，飘来了如此芬芳的花香，它们怎能无动于衷呢？

于是，蝴蝶们共同商量，决定一起飞到树那里去。并且要为树举行一个节日。

就这样，在一只最大的、翅膀上有花纹的蝴蝶的率领下，白蝴蝶、黄蝴蝶、有的像一片枯叶、有的如同一只小小的蚬贝，千姿百态的蝴蝶朝着花香飘来的方向翩翩飞去。它们飞越山崖，越过麦田，又飞过了小河。

其中，最小的那只蚬贝蝶，翅膀还没长结实，所以要在小河边休息一下。当蚬贝蝶落在小河边的水草叶子上休息时，发现旁边的叶子后面有一只从未见过的虫子正在那里迷迷糊糊地打瞌睡。

蚬贝蝶问："你是谁呀？"

那只虫子睁开眼回答说："我是萤火虫。"

蚬贝蝶邀请它说："原野当中的那棵树那里要举行一个节日庆祝会，你也一起去吧！"

萤火虫说："可我是夜里的虫子，大家不会让我参加的。"

"不会的。"蚬贝蝶再三劝导，终于把萤火虫也带去了。

多么愉快的节日啊！

蝴蝶们宛如漫天的鹅毛大雪，在树周围飞舞着。飞累了，它们就落在白花上，饱食甜美的花蜜。可是四周的光线渐渐暗了下来，很快就到了傍晚。

"真想再多玩一会儿啊！可是，天马上就要黑下来了。"大家无奈地叹息说。

于是，萤火虫飞回到小河边，把自己的伙伴们全都带来了。每朵花瓣上都落了一只萤火虫。简直就像树枝上点燃了一盏盏小灯笼，辉煌明亮。就这样，蝴蝶们欢欢喜喜，一直玩到了深夜。

妈妈们

新美南吉

快做妈妈的小鸟正在树上的鸟窝里孵蛋呢。今天母牛又来到了它的树下。

“小鸟，你好！”母牛说。

“鸟蛋有什么变化吗？”

“还没有呢！”小鸟回答说。

“你的小宝宝还没有生出来吗？”

“在肚子里一天比一天大。大概再过十几天就该生出来了吧？”

母牛说。

随后，小鸟和母牛又和往常一样，互相炫耀起自己即将出生的小宝宝。

“母牛大姐，您听我说。我家的宝贝儿子们一定长着一身深蓝色的羽毛，身体发出像玫瑰花一样的香味儿。它们还会用银铃般悠扬的声音丁零零地歌唱的。”

“我儿子啊，蹄子是双瓣儿的，花斑的毛色，还长着尾巴，而且还会用它那可爱的声音‘哞哞’地叫我呢。”

“哎哟，多奇怪啊。”小鸟忍住笑着说：

“哞哞的叫声怎么会可爱呢？而且，我觉得尾巴也是多余的。”

“你懂什么呀？”母牛也不示弱地说。

“如果说尾巴是多余的话，那鸟喙不也是多余的了？”

这么谈下去，最后肯定会争吵起来的。就在它们俩快要吵起来的时候，水里跳出来一只青蛙。

“你们在谈论什么呢，谈得那么起劲儿？”

绿色的青蛙问道。

听母牛和小鸟说完，青蛙瞪圆了眼睛，说：

“那可要命了！”

怎么要命了？母牛和小鸟担心地问，青蛙说：

“小宝宝马上就要生出来了，你们二位还不赶快学唱摇篮曲，还有闲心思在这儿闲聊。”

母牛和小鸟怎么会这么大意呢？得赶快学唱摇篮曲啊。可是跟谁学呢？

“我来教你们吧。”青蛙说。

母牛和小鸟高兴极了，它们跟着青蛙学起了摇篮曲。

摇篮曲太难学了，母牛和小鸟根本记不住。

那是这样一首摇篮曲：

哇，哇，哇
哇哇，哇哇，哇
呱呱，呱呱
哇哇，哇哇
呱呱，哇哇，哇

母牛和小鸟拼命地学着唱，可还是记不住，最后，它们俩都不想学了。

青蛙说：

“不学会唱摇篮曲，怎么能抚养好小宝宝啊？”

就这样，它们俩又打起精神，继续学唱“哇，哇，哇”，一直坚持学到傍晚，风变得凉爽了。

捡来的军号

新美南吉

从前有一个贫穷的男人。虽然年纪不大，但他既没有父母，也没有兄弟姐妹，就孤零零一个人。

这个男人想：我一定要做一番惊天动地的大事业，成为一个了不起的人。

正好这时，西边爆发了战争。

听到这个消息，这个贫穷的男人自言自语地说：

“好吧，我到打仗的地方去，立下辉煌的战功，成为一名大将吧！”

于是，他就朝着西边出发了。因为没有钱，他不能坐火车，也不能坐汽车，只好一边挨村挨户讨饭，一边一步一步地朝前走。

“哪里有战争，哪里有战争？”

他到处打听，不知不觉已经走了一两个月了。

快到前线了，从远方隐约传来了大炮的轰隆声。

“喔，听到炮声了。多么雄壮的声音呀！”

男人心情激动，加快了步伐。

天黑了，他来到一个沉睡的村庄。村子里静极了，连狗的叫声都听不到，家家户户的门都关得紧紧的，路灯也都黑着。男人倒在花圃边的窝棚里，熟睡过去。

他梦见自己成为一名威武的大将，胸前挂满勋章，手持一把闪闪发光的宝剑，雄赳赳、气昂昂地骑在马上。天很快就亮了。

男人醒来一看，咦？怎么回事？眼前的花圃被践踏得一塌胡涂。

“唉，谁会糟蹋了这么美丽的花圃？”

男人去扶起一棵被踩倒的罂粟花，却发现花梗下面有一把黄铜军号。

男人看到军号后，高兴得连花也顾不上去扶了。

“啊，就是它。只要有了它，我就可以立功了，让我做一名号手吧！”

可是天亮了，这个村子里仍然没有人出来，连窗户也没有打开。不过，男人因为太得意了，所以根本没有发现这些。他吹起雄壮的军号，又向前走去。

男人走进另一个村子的时候，肚子有点饿了。

这个村子里也是空空荡荡的，不过，还有几个人。

男人站在一户人家的窗下，恳求说：

“我饿得不行，给口饭吃吧！”

屋子里有两位老人，正好要将一个面包切成两半，见饿着肚子的男人很可怜，就把面包切成了三块，其中一块儿施舍给了他。

“你这是要到哪里去呀？”

善良的老人问年轻人。

“我要去前线，成为一名号手，好好吹号。”

年轻人回答说，说完，就在两位老人面前吹起了雄壮的军号。

嘟嘟嘟嘟，
全体集合，
拿起剑！

嘟嘟嘟嘟，
扛起枪，
举起旗！

嘟嘟嘟嘟，
快，快，快，
上前线！

嘟嘟嘟嘟，
嘟嘟嘟嘟！

两位老人听了，深深地叹了口气，说：

“我们已经吃够了战争的苦头了。就是因为发生了战争，我们的田地才被糟蹋了，连吃的东西都没有了。今后我们可怎么过呀？”

男人与老人们分手之后，又继续向前进，果然像那两位老人说的那样，农田被大炮的车轮和马蹄给糟蹋得不成样子。

所有的村子都没有几个人了，剩下的，也都是一张张苍白憔悴的面孔。

男人不免可怜起这些人来。于是，他决定不去参加战争了。

“对了，我应该帮助这些可怜的人们。”

男人把各个村子里剩下的人，召集到了一起，说：

“大家振作起来吧！振作起来，把毁掉的农田重耕一遍，播下麦种吧！”

人们振作起来，开始耕地。

早上，第一个起来的是那个男人。天还没有亮，男人就爬上农田中央的高冈，吹起了军号。

嘟嘟嘟嘟，
全体起床，
天亮了！

嘟嘟嘟嘟，
扛锄头，
下田去！
嘟嘟嘟嘟，

播种了，
播麦种！

嘟嘟嘟嘟！
嘟嘟嘟嘟！

于是，大家赶着马，牵着牛，纷纷来到田里，干起活来。

不久，播下的种子就发芽了，田野上一望无际的麦子成熟了。

钱坊

新美南吉

一个夏末的傍晚。

坦吉和哥哥站在海边，冲着火红的夕阳吹口哨。

坦吉和哥哥，是暑假来海边的叔叔家避暑的。

哥哥吹得一口好口哨。坦吉嘴翘得老高，可就是吹不响。哥哥吹的是一首军舰进行曲，坦吉默默地、入迷地听着。哥哥一边用脚尖哒哒地踏着节拍，一边灵巧地吹着口哨，坦吉羡慕极了。

“阿坦，你也吹吹看。”

吹完了快乐的军舰进行曲，哥哥对他说。坦吉又乖乖地和刚才一样翘起嘴巴使劲儿吹了吹。

可还是吹不响。别说军舰进行曲了，连个“嘟”的响声也没有发出来。

坦吉脸涨得通红，一遍又一遍地吹着。

“哪有像你那么吹口哨的啊……”

哥哥放声大笑起来。

不过，最后两三次，坦吉还是吹出了一点“嘟、嘟……”的响声。

“哥哥，我吹响了吧！”

坦吉的话还没说完，脚下突然被什么东西给绊了一下。

两个人吓了一跳。仔细一看，原来是一只小狗。那狗的一只眼睛已经瞎了，头顶上有一块铜钱那么大的黑斑，其他地方都是白毛。不过好像是掉进沟里面去了，浑身的毛都变成了灰色。

它正仰头望着坦吉，不住地摇晃着尾巴。

“哥哥，好可怜的一只狗啊！”

“嗯。”

哥哥望着瘦骨嶙峋的小狗。

“哥哥，咱们把它带回去吧。”

“嗯，好的。”

不一会儿，两个人就带着瞎了一只眼的小狗，踏上了归途。

夕阳像火一样红彤彤地燃烧着。

大约过了一个星期。

坦吉已经会吹一点口哨了。在海边捡到的那只狗被洗得干干净净的，现在，已经成了坦吉唯一的好朋友。

哥哥管那只小狗叫“盲流”，不过，坦吉却给它起了一个好朋友一样的名字，叫“钱坊”。因为它头上有块铜钱一般大的黑斑。坦吉很疼爱它，连晚上睡觉也要跟它睡在一起。

可是有一天，由于一点小事，钱坊把叔叔给惹火了。

叔叔平时就不喜欢狗，他是想趁机把钱坊赶走。

“叔叔，原谅它吧，钱坊什么也不懂，所以才做出那样的事来……”

坦吉一遍又一遍地向叔叔道歉。哥哥和婶婶也都为钱坊说情，可是叔叔很顽固，说什么也不听。叔叔不是那么绝情的人，只是因为他不喜欢狗，才这么狠心。

暑假就剩下一个星期了，要是钱坊再晚一个星期捣乱就好了……那样就可以把它带回自己家去了……坦吉哭着这样想。

但是，钱坊终于还是要离开叔叔家了。叔叔公司里有一位叫泽田的同事，喜欢打猎，说是想要钱坊，于是叔叔决定把钱坊给他。

第二天，那个叫泽田的人就来了。

“就是这只狗。”

叔叔指了指没精神的钱坊。

“挺不错的狗嘛，尽管只有一只眼睛，但是很适合打猎。”

那个人用指尖抓了抓鼻子下面的胡子。

坦吉听到了两个人的对话。他知道没有指望了，他希望这位叫泽田的叔叔不要把钱坊带走，可钱坊还是被带走了。

“那我就把它带走了。谢谢了。”

泽田叔叔把绳子系在钱坊的脖子上，拉着它走了。坦吉一直跟着钱坊走到门口。

“叔叔，您要好好照顾钱坊啊……”

坦吉泪汪汪地望着叔叔说。

“嗯，我会的。小家伙，你也可以来玩啊。”

叔叔看上去挺亲切，他快活地回答道，与坦吉告了别。

往日一见到坦吉就会使劲儿摇尾巴的钱坊，耷拉着尾巴，被牵走了。

“嘟——”

坦吉情不自禁地像往常那样吹了一声口哨。钱坊回过头来望了望，想跑回坦吉这边来。

可钱坊不得不继续向前走。最后，钱坊终于消失在松林里了。

“哇——”

坦吉哭着跑进了屋里。

冬天，寒冷的北风没日没夜地呼啸着，把道路两旁的树木都刮秃了。坦吉从二楼的窗口，凝视着冬天灰色的天空。

这么冷的天，不知钱坊在哪里呢？在干什么呢……他的脑海里，浮现出钱坊睡在温暖的狗窝里的情景。

有时，他的脑海里，也会浮现出可怜的钱坊顶着寒风，到处找食吃的悲惨样子。

不，钱坊会遇到好人的，一定是那样。这样一想，钱坊可怜的样子就从脑海里消失了。

突然，坦吉的目光落到了楼下马路上。

“啊，是钱坊！”

坦吉大声叫了起来。

一只瘦骨嶙峋的狗，被风推搡着，像醉汉一样，沿着冷飕飕的马路，踉踉跄跄地走了过来……那的确是钱坊。瞎了一只眼的钱坊。

“钱坊！”

坦吉打开窗户叫了一声。

钱坊站住了，然后，抬起了头。可是，钱坊已经看不到熟悉的坦吉的身影了。因为它的两只眼睛都瞎了，只有那条长长的尾巴还在不停地摇晃着。

“钱坊，我这就来，等着我啊。”

坦吉连滚带爬地冲下了楼，跑到了外面。

然而……

当坦吉赶到外面的时候，那只瞎了眼的狗已经像风一样地消失了。

坦吉一边吹着口哨，一边仔仔细细地把周围找了个遍。

可是最终还是没有找到钱坊。

不知钱坊在哪里流浪呢？

正坊和大黑

新美南吉

一

过去有一个到各村巡回演出的马戏团。马戏团很小，只有十个艺人和一只老黑熊、两匹马。马除了登台表演之外，每次马戏团转场时，它还要披上红呢毛毯负责拉行李车。

有一次，他们来到了一个村子里。团员们分头把红红黄黄鲜艳的海报，贴到了香烟店和澡堂的墙上。村子里的大人和小孩围着散发着浓浓墨香的海报，欢天喜地，好像过节一样。

帐篷搭好已经三天了。这天下午，观众席上响起了一阵欢呼声和鼓掌声，千代跳完了舞，轻轻地抖动着粉红色的裙子，退回到后台。接下来，该轮到老黑熊大黑出场了。耍熊的五郎身披一件褪了色的紫色金丝绒上衣，脚蹬一双长靴子，一边啪啪地抽打着鞭子，一边走到笼子旁边。

“来，大黑。该你上场了，你可要听话啊！”

五郎笑着打开了笼子的铁门。可不知为什么，大黑没有像往常那样立刻站起来。五郎一愣，弯下腰一看，大黑浑身是汗，闭着眼睛，牙齿打战，直喘粗气。

“不得了啦，团长！大黑好像闹肚子了。”

团长和其他团员都围了上来。五郎和团长两个人打算给它喂竹叶裹的黑药丸，可是大黑紧咬牙关，口吐白沫，摇晃着脑袋，怎么也不肯张开嘴。不一会儿，大黑的肚皮一鼓一鼓的，随后它就趴在地上，像一只陀螺似的，在笼子里乱转起来。转了一会儿，它又扑通一下倒在了稻草堆上，大口大口地喘气，无力地眨巴着眼睛。

“啪啪啪”，观众席上响起催促下一个节目的掌声。于是，只好让扮演小丑的演员佐吉先代替大黑登台表演。

这时，不知是谁叹了口气，说：

"要是正坊在，它就会吃药的。"

团长连忙用粗哑的嗓音命令道："对，千代，你去把正坊带来。"

千代牵来一匹马，也顾不上换服装，就迅速跨上马，沿着白色的田间小道，朝邻村跑去了。

二

正坊第一天表演爬梯子时，扭伤了脚，住在邻村的医院里。

正坊病房的窗前，有一棵梧桐树，伸展着叶子，它那绿色的影子投进了房间里。正坊穿着白色的睡衣，正坐在病床上，一边望着玻璃窗外，一边想：梧桐的树干像大象的腿一样粗呢。

就在这时，门外传来了马蹄声。不一会儿，就听见有人沿着走廊朝这边走来。当看到千代的脸出现在门口时，正坊高兴得跳了起来。

"姐姐，我已经全好了。刚才我还在床上翻跟头了呢！"

千代总是像对待亲弟弟一样地疼爱正坊。

"哟，这么快就好了，太好了。正儿啊，不得了啦。大黑闹肚子了，给它吃药它也不吃。大家都很为难，所以我就跑来叫正儿了。"

"大黑？好，我这就回去。我已经全好了。"

两个人得到院长的同意，就一起骑马回去了。护士一直把他们送到了大门外。

三

"大黑，是我啊，大黑！"

正坊左手托着药丸子，右手轻轻地摸着大黑的鼻子。大黑比刚才平静了一些，但是眼睛仍然混浊不清，显得无精打采的。呼哧呼哧地喘气的时候，沾在鼻尖上的稻壳就会一动一动的。

正坊一下子想起来了，便“啦啦啦啦啦”地唱起了《勇敢的水兵》。

这是正坊和大黑每次上场时的欢快乐曲。大黑听到正坊的歌声后，微微抽动了一会儿耳朵，然后突然站了起来。正坊迅速把手里的药丸塞进它的嘴里，大黑一下子就把药丸吞了下去。

自从发生了这件事以后，正坊和大黑更成了一对形影不离的好朋友。而且，他们也成了团里最受观众欢迎的演员。

还有一次，也是在一个村子里演出的时候，因为一直跟正坊和大黑出场的喜剧小丑佐吉从剧团逃跑了，只好由大胖子团长代替他的角色。

“大黑，该咱们上场了！”

正坊把大黑从笼子里放出来，然后像往常那样，一边摸着大黑的鼻子，一边把大黑最喜欢吃的饼干塞进了它的嘴巴里。

阿留爷爷在舞台上用喇叭奏起了《勇敢的水兵》。

啦罗啦啦，啦啦啦，
啦罗，啦罗，啦，
啦罗啦啦，啦罗啦，
啦罗，啦罗啦。
啦罗，啦罗，啦罗啦，
啦罗，啦罗，啦。

正坊戴着一顶插着白色鸟羽的军帽，腰间挂着一把金光闪闪的玩具宝剑，扮成一个将军的模样，骑在大黑的背上。大黑踏着喇叭的节奏，精神抖擞地走到了台上。

“现在上场的是，吊儿郎当将军和他的宝马大黑！”

阿留爷爷介绍完了，正坊就从大黑的背上骨碌一下滚了下来，亮了一个相。观众们哄堂大笑，拍起了巴掌。

“将军现在出发，要去打败盗贼！”

大黑“啊”地一下张开了血盆大口。将军正坊骑在大黑的背上，从口袋里抓出饼干，塞进了大黑的嘴里。大黑把正坊的整只手连同饼干全都含进了嘴里。正坊故意惊讶地眨巴着眼睛，又做了一个从大黑背上滚下来的动作，逗观众们发笑。

不一会儿，装扮成盗贼的团长，手持贴着锡纸的明晃晃的大刀出场了。吊儿郎当将军见了，大吃一惊，哆哆嗦嗦地扔掉手里的宝剑，连忙搂住了大黑的脖子。观众席里的小孩子们又是一片哄堂大笑。

“站住！”

团长绷着贴满了假胡子的脸，瞪着凶狠的三角眼，摆出了架势。大黑看着团长那张可怕的脸。平时，团长怒骂正坊的时候就是这张脸。于是，大黑以为团长又像平时那样真的生气了，要用竹刀砍正坊。

“站住！”

团长又挥起了大刀。就见大黑呜呜地吼了一声，一口叼起正坊，眨眼工夫就穿过观众席，跑到帐篷外面去了。

这下可把观众和团长、阿留爷爷给吓坏了。

正坊也惊呆了。

正坊被大黑放到外面的草坪上。他温柔地抚摸了一遍大黑的头和后背，安慰它，让它镇静下来。然后，好不容易才把它带到台上，先向观众道歉，又向一身盗贼打扮的团长赔不是。想不到，观众反而更加高兴地喝起彩来。团长不由得苦笑了一下。

四

小小的马戏团坚持在各村巡回演出，但收入太少，勉强够大家填饱肚子。

没有多久，一匹马病死了。

“真是太可惜了！”

不仅是团长、阿留爷爷、千代、正坊、五郎他们都围在马的尸体旁连声叹息。

又过了一个月。一天早晨，睁眼一看，只剩下团长和千代、正坊三个人了。其他艺人都逃离了小帐篷。这样一来，再也无法巡回演出了。无奈，团长也只好决定解散马戏团。

大黑被关在笼子里，用车拉着，卖到城里的动物园去了。

最后，马、天幕和桌椅也被卖掉了，钱给了正坊和千代。

“什么都没有了，团长你怎么办啊？”

正坊问道。

团长凄凉地笑着说：

“我是两手空空地从家里出来的，现在就再两手空空地回家去吧。”

团长委托镇上的警察，安排正坊和千代进了一家针织厂。

五

自从被送到动物园之后，大黑整天无精打采地望着蓝天。那样子就像在想：正坊和千代怎么样了呢？真想再见到他们，再听到那《勇敢的水兵》的乐曲声啊！

铁笼子前面每天挤满了孩子，他们穿着各式各样的衣服。大黑想，也许正坊和千代也在里面呢，就从笼子里来回向外张望。如果是正坊，应该穿着红白相间的横条衣服，一看就知道。正在它像做梦一样呆呆地想着的时候，头顶传来了一个熟悉的叫声。

“大黑！”

大黑抬起忧郁的眼睛，朝发出声音的方向望去。

呜呜呜呜，呜呜呜，
呜呜呜呜呜。
呜呜呜呜，呜呜呜，
呜呜呜呜呜，

正坊哼起了《勇敢的水兵》。大黑全身的血都沸腾了似的，猛地直起身，像在马戏团里一样，踏着节奏在笼子里来回走了起来。然后，它从铁格子里伸出嘴，亲昵地看着正坊。虽然正坊没有穿横条衣服，但它还是认出来了，“嗷嗷”地高声叫着，发出了悲喜交加的叫声。

正坊笑盈盈地从兜里掏出饼干，塞进了大黑的嘴里，一遍又一遍地抚摸着它的鼻尖。

千代站在正坊的身后，热泪盈眶地望着这一切。他们俩是利用第一个休息日来看望大黑的。

小狐狸阿权

新美南吉

一

这是我小时候，听村里茂平爷爷讲的一个故事。

茂平爷爷说，从前，我们村子附近一个叫中山的地方，有座小城楼，里头住着一位叫中山的老爷。

离中山不远的山里，有一只名叫“阿权”的狐狸。阿权是一只孤零零的小狐狸，它在长满了凤尾草的森林里，挖了一个洞穴，住在里面。不管是白天，还是黑夜，它都会溜到附近的村子里去调皮捣蛋。有时把人家田里的白薯挖得乱七八糟，有时放火烧人家晒的油菜籽壳，有时又去揪农民家后院挂着的干辣椒。

有一年秋天，接连下了两三天雨，阿权出不去，只好待在洞里头。

雨停了，阿权松了一口气，爬出洞去。天气晴朗，伯劳鸟发出尖利的叫声。

阿权来到村里的小河堤上。狗尾巴草上的雨珠还在闪闪发光。平常河里水很少，因为最近一连下了三天的雨，河水猛涨，往日岸边那些根本不会被水淹没的狗尾草和胡枝子，都躺倒在浑黄的泥水里。阿权沿着泥泞的小路，朝小河的下游走去。

突然，它看见河里有一个人正在干着什么。阿权悄悄地钻进草从深处，一动不动地向外张望。

“是兵十啊！”阿权看清楚了。

兵十卷起破旧的黑衣裳，站在齐腰深的河水里，摇晃着捕鱼的渔笼。他头上缠着头巾，一片圆圆的胡枝子叶子贴在一边的脸上，就像一颗大黑痣。

过了一会儿，兵十把渔笼后面的袋子从水里拎了出来。里面净是些草根、草叶和烂木片等乱糟糟的东西，不过，也有些白花花的东西在闪光。原来是又粗又大的鳗鱼和白丁鱼的肚皮！兵十把那些鳗鱼和白丁鱼，连同乱糟糟的东西一起倒进了鱼篓子里。然后，又把后面的口袋扎紧，放进了水里。

后来，兵十提着鱼篓子上了岸，把鱼篓子放在堤坝上，又跑到上游不知去找什么了。

兵十一走，阿权嗖地一下从草丛中跳了出来，跑到了鱼篓子的边上。它又忍不住想调皮捣蛋了。阿权把鱼篓子里的鱼抓出来，一条接一条地朝渔笼下游的河里扔去。随着“扑通”“扑通”的声响，鱼一条条地都钻到浑浊的河水里去了。

阿权去抓最后一条大鳗鱼，可是鳗鱼太滑了，用手怎么也抓不住。阿权急了，一头扎进鱼篓子里，用嘴叼起了鳗鱼的头。鳗鱼一下子紧紧地缠住了阿权的脖子。就在这时，兵十冲着这边吼了起来：

“好哇，你这只贼狐狸！”

阿权吓得跳了起来。它想赶紧甩掉鳗鱼逃跑，可是那条鳗鱼却紧紧地缠在它的脖子上，怎么也甩不掉。阿权只好带着鳗鱼，没命地逃走了。

逃到洞穴附近的那棵赤杨树下，回头一看，兵十没有追上来。

阿权松了一口气，赶紧把鳗鱼的头咬碎，这才把鳗鱼取下来，丢到了洞外的草丛上。

二

过了十来天，阿权走过一个叫弥助的农民家后院时，看见弥助的妻子正在无花果树下染黑牙齿。走过铁匠新兵卫家后院时，看见新兵卫的妻子正在梳头。

“嘿嘿，村子里要举行什么活动了吧？”阿权想。

“会是什么活动呢？是庆祝秋收吗？如果是庆祝活动，应该听到敲鼓、吹笛子的声音啊！至少神社里应该挂幡子啊！”

阿权边走边想，不知不觉来到了门外有一口红陶水井的兵十家前面。只见快要塌了的小房子里聚集了许多人。衣着整齐、腰里掖着手巾的女人们，正在门外的灶前烧火，大锅里不知咕嘟咕嘟地煮着什么东西。

“啊，原来是办丧事啊！”阿权想。

“兵十家谁死了呢？”

过了中午，阿权跑到村外的坟地里，躲到了地藏菩萨的背后。天气晴朗，远处城楼上的瓦片闪闪发光。坟地里，石蒜花盛开，像铺了一片红地毯。这时，从村里传来了“当当”的钟声，这是出殡的信号。

很快，身穿白色孝服的送葬队伍就走了过来。渐渐听到了说话声。送葬的人们走进了坟地。他们走过的地方，留下了一片被踩倒了的石蒜花。

阿权直起了身子察看。兵十穿着白色的丧服，捧着一块灵牌，平日里像红薯一样健康的脸颊，今天却显得无精打采。

“噢，是兵十妈死了。”

想到这里，阿权就把头缩了回来。

这天晚上，阿权在洞里想：

“一定是卧床不起的兵十妈妈说想吃鳗鱼，兵十才带着渔笼出门的。可是我呢，却捣乱破坏，把鳗鱼给偷走了。兵十的妈妈肯定就是因为没有吃上鳗鱼，才死的。她临死前，一定还想着吃鳗鱼、吃鳗鱼吧！唉，我要是不那么捣乱就好了。”

三

这天，兵十正在红陶井边上淘麦子。

以前兵十和母亲相依为命，现在母亲一死，就剩下他孤零零一个了。

“兵十跟我一样，也变成孤零零一个了。”

阿权从库房后面看着兵十，这样想。

阿权离开库房，刚要走开，就听见不知从什么地方传来了卖沙丁鱼的叫卖声。

“沙丁鱼便宜啦！新鲜的沙丁鱼！”

于是，阿权就朝那里跑了过去。这时，弥助的妻子在后门喊了一声：

“买沙丁鱼！”

卖沙丁鱼的那个人，把装着沙丁鱼筐的车子停靠在路边，两手抓起一把闪闪发亮的沙丁鱼，走进了弥助家。阿权趁机从筐里抓出五六条沙丁鱼，跑了回来。接着，它把沙丁鱼从后门扔进了兵十家的后门，就朝自己的洞穴跑去。跑到半道的一个山坡上，它回头一看，兵十那小小的身影还在井边淘麦子呢。

阿权想，这是自己为了赔偿兵十的鳗鱼，做的第一件好事。

第二天，阿权在山里捡了一大捧栗子，抱着来到兵十家。它从后门往里一看，兵十正在吃午饭，只见兵十端着饭碗在那里发呆。奇怪，他的脸上还有伤！出了什么事呢？正当阿权纳闷儿的时候，就听见兵十一个人嘟嘟囔囔地说开了：

“到底是谁把沙丁鱼扔到我家里来了呢？害得我被当成小偷，被卖沙丁鱼的那家伙给狠狠地揍了一顿。”

这下可闯祸了，阿权想。原来，可怜的兵十是被卖沙丁鱼的揍成了这个样子！

阿权一边这样想，一边悄悄地绕到库房的门口，放下栗子回去了。

第三天，第四天，阿权又连着两天把捡到的栗子送到了兵十家。第四天不光是栗子，还送去了两三个松口蘑。

四

一个月光明亮的夜晚，阿权出去遛达玩。刚走过中山老爷的城楼下面，就听见小路那头传来了说话声，好像有人走过来了。金琵琶蛐蛐“蠼铃铃、蠼铃铃”地叫着。

阿权躲到路边，一动也不动。说话声越来越清楚了，原来是兵十和一个叫加助的农民。

“噢，对了，我说加助啊。”

“啊？”

“这几天我身边发生了许多怪事。”

“什么事？”

“自从我娘死后，不知是谁，每天都给我送来栗子和松口蘑。”

“咦？会是谁呢？”

“谁知道呢！趁我不注意，放下就走了。”

阿权跟在他们俩身后。

“真有这样的事？”

“当然是真的了。不信，你明天来我家看看吧，我可以给你看看那些栗子。”

“哎？会有这样的怪事！”

说完，两个人便默默地走了起来。

加助无意中回头看了一眼。阿权吓了一跳，缩成一团，站住不动了。加助没有发现阿权，又朝前面快步走去。两个人走进一个叫吉兵卫的农民家里。从里面传来了“咚咚咚咚”敲打木鱼的声音。灯光照在窗户纸上，映出一个晃来晃去的大秃头。

“原来是在念佛啊！”阿权一边想，一边在井边蹲了下来。过了一会儿，又有三个人走进了吉兵卫家。屋子里传出了念经的声音。

五

阿权一直卧在井边等他们念完了经。兵十和加助又一起回家。阿权想听听两个人说什么，就踩着兵十的影子，跟在后面。

走到城楼前面的时候，加助说话了：

“你刚才说的事，准是神灵干的。”

“什么？”兵十吃了一惊，看着加助的脸。

“我刚才一直在想，那好像不是人干的，一定是神灵，神灵看你一个人孤零零的好可怜，就赐给你了好多东西。”

“是吗？”

“当然是了。所以，你只要每天好好感谢神灵就行了。”

“嗯。”

哼，阿权想，这家伙可真会胡扯！明明是我送的栗子和松口蘑，不感谢我，却去感谢神灵，那我不是就白干了？

六

第二天，阿权又到兵十家送栗子去了。兵十正在库房里搓绳子呢，阿权悄悄地从后门溜了进去。

就在这时，兵十猛地抬起了头。哎？狐狸怎么进到家里来了？该不会是上次偷鳗鱼的狐狸阿权又来捣乱了吧？

“好吧。”

兵十站起身，取下挂在小屋里的火绳枪，装上了火药。

然后，他蹑手蹑脚地走过来，朝正要走出门去的阿权“砰”地放了一枪。阿权“扑通”一声栽倒了。兵十跑过去一看，屋子里的地上堆了一堆栗子。

“哎呀！”兵十惊讶地把目光落在了阿权的身上。

“阿权，原来是你一直在给我送栗子啊！”

阿权无力地闭着眼睛，点了点头。

“咣当”一声，兵十手中的火绳枪一下子掉到了地上，枪口还冒着一缕青烟。

小狐狸买手套

新美南吉

寒冷的冬天，从北方来到了狐狸母子住的森林。

一天早上，小狐狸刚要爬出洞去，突然“啊”地叫了一声，捂着眼睛，滚回到狐狸妈妈的身边。

“妈妈，什么东西扎到我眼睛里了，快给我拔出来啊，快点快点！”小狐狸说。

狐狸妈妈吃了一惊，连忙小心地扒开小狐狸捂着眼睛的手一看，什么也没有。狐狸妈妈跑出洞去，这才明白是怎么一回事。原来昨天晚上下了一场厚厚的雪，白白的雪被明晃晃的阳光一照，反射出耀眼的光。小狐狸没有见过雪，被雪地强烈的反光一晃，还以为是什么东西扎进眼睛里了。

小狐狸跑出去玩了。当它在丝棉一般柔软的雪地上奔跑时，雪末纷纷扬扬地飘落下来，映出一道小小的彩虹。

这时，突然身后响起了一阵可怕的声音：

“扑啦啦，哗——”

粉末一样的细雪，忽地一下朝小狐狸罩了下来。小狐狸吓了一大跳，没命地逃，在雪地里足足滚出十多米远。是什么呢？它一边想，一边回头望去，可是什么也没有。原来是冷杉树枝上的雪掉了下来。枝头上的雪还在往下落，像一条条白丝线。

不一会儿，小狐狸就回到了洞里，对狐狸妈妈说：

“妈妈，我的手好冷啊！我的手冻麻了！”

说着，小狐狸就把两只冻得红扑扑的小湿手，伸到了狐狸妈妈面前。狐狸妈妈一边呼呼地朝小狐狸的小手上哈气，一边用自己温暖的手把小狐狸的手包了起来，然后说：

“马上就暖和了！摸过雪的手，马上就会暖和过来的。”

狐狸妈妈想，如果儿子可爱的小手给冻伤了，那可不得了，天黑了，到镇上去给儿子买一双适合它戴的毛线手套吧！

黑黑的、黑黑的夜，像块包袱皮一样包住了原野和森林，但是因为雪太白了，所以不管怎么包，白茫茫的雪地都会露出来。

银色的狐狸母子从洞里走了出来。小狐狸钻到狐狸妈妈的肚皮底下，眨巴着两只圆圆的眼睛，一边走，一边东看看、西看看。

走了没多久，前方出现了一个亮光。看到亮光，小狐狸问：

“妈妈，星星怎么掉到了那么低的地方啊？”

“那可不是星星啊。”

说到这儿，狐狸妈妈的腿都发软了。

“那是镇子里的灯光啊。”

一看到镇子里的灯光，狐狸妈妈就想起上次跟朋友一起去镇上险些送命的事。她劝朋友不要去偷人家的鸭子，可那只狐狸不听，非要去偷，结果被农民发现，追得它们没命地逃，好不容易才捡了一条命。

“妈妈，你怎么了？快走啊！”小狐狸在妈妈的肚皮底下问道，可是狐狸妈妈却怎么也迈不动步子了。没办法，只好让小狐狸自个儿去镇上。

“儿子，伸出一只手来。”狐狸妈妈说。

狐狸妈妈握住小狐狸的那只小手，不一会儿，就把它变成了一只小孩的手。好可爱的小手啊，小狐狸一会儿张开，一会儿握住，一会儿捏捏，一会儿咬咬。

“妈妈，好奇怪啊！这是什么呀？”小狐狸说着，借着雪光，盯着自己变成了小孩的手，看了又看。

“这是人的手啊。你听好，儿子，到了镇上，会有许许多多的人家，你要先去找外面挂着一块礼帽招牌的人家。找到了，你就去咚咚地敲敲门，然后说一声‘晚上好’。那样，人就会从里面打开一条门缝，你从门缝里把这只手，对，就是这只人的手伸进去，说：‘请卖给我一双这只手戴上去正好的手套吧。’你听明白了吗？千万别把另外一只手伸出去啊！”狐狸妈妈嘱咐小狐狸说。

“为什么？”小狐狸反问道。

“因为人要是知道你是狐狸的话，不但不卖给你手套，还会把你抓起来，关进笼子里。人是很可怕的东西啊！”

“嗯。”

“可千万别把那只手伸出去啊！这只手，对，要伸这只人的手！”说完，狐狸妈妈把带来的两枚白铜币，塞到了小狐狸的那只人手里。

小狐狸在雪光闪闪的原野上，摇摇晃晃地朝着镇上的灯光走去。开始的时候，只有一盏灯，不一会儿，多了一盏，又多了一盏……

最后，出现了十几盏。望着灯光，小狐狸想，原来，灯也和星星一样，有红的、黄的和蓝的啊。很快，它就到了镇上。大街上，家家户户都已经关上了门，温暖的灯光从高高的窗户里透出，洒在道路的积雪上。

不过，挂在门外的招牌上大多都点着一盏小灯泡，小狐狸一块块看过去，找起帽子店来。自行车的招牌，眼镜的招牌，还有其他各种各样的招牌。有的招牌是新涂的油漆，有的招牌像旧墙壁一样，油漆已经开始脱落了。第一次到镇上来的小狐狸，根本不知道这些东西到底是做什么用的。

终于找到帽子店了。妈妈在路上仔细给它讲过的那个黑色大礼帽的招牌，就挂在那里，被蓝色的灯光照耀着。

小狐狸照妈妈教的那样，咚咚地敲了敲门。

“晚上好！”

于是，从里面传来了啪嗒啪嗒的声音，门轻轻地开了一条一寸左右的细缝，一道光长长地投在了道路的白雪上。

因为那道光太刺眼了，小狐狸不禁慌了神，错把另外一只手——妈妈反复告诉过它千万不能伸出的那只手，从门缝里伸了进去。

“请卖给我一双这只手戴上去正好的手套！”

帽子店老板愣了一下。哎呀，这是一只狐狸的手！狐狸说要买手套，该不会是用树叶当钱来买吧？于是他就说：

“请先付钱。”

小狐狸把一直握着的两枚白铜币，乖乖地递给了帽子店老板。帽子店老板用手指尖把它们捏在手上，对撞了一下，立刻听到悦耳的叮咚声。他知道那不是树叶，是真的钱，就从货架上取下一双小孩子戴的毛线手套，塞到了小狐狸手里。小狐狸说了声“谢谢”，就又顺着原路往回走。

它一边走，一边想：

“妈妈说人是很可怕的东西，可是一点都不可怕啊！人看到了我的手，不是也没怎么样吗？”

不过，小狐狸很想看看人到底是什么样子。

当它从一户人家的窗户下边走过时，从里头传来了人的说话声。好温暖，好动听，好柔和的声音啊！

“睡吧，睡吧，
躺在妈妈的怀里，
睡吧，睡吧，
枕在妈妈的胳膊上……”

小狐狸想，这歌声一定是人妈妈的声音了。因为小狐狸睡觉时，狐狸妈妈也是哼着这样温柔的歌来摇晃它的。

这时，它听到了一个小孩的声音：

“妈妈，这么冷的晚上，森林里的小狐狸也会叫‘好冷、好冷’吧？”

于是，妈妈的声音又说：

“森林里的小狐狸，这时候也躺在洞里，听狐狸妈妈唱歌呢，就要睡着了。来，宝宝也快睡吧，看看森林里的小狐狸和宝宝谁先睡着，一定是宝宝先睡着吧！”

听到这里，小狐狸突然想妈妈了，就飞快地朝妈妈等着的地方跑去。

狐狸妈妈担心死了，正焦急地盼着小狐狸快点回来呢！一看到它回来了，狐狸妈妈高兴极了，真想把它搂在温柔的怀里大哭一场。

狐狸母子返回了森林。月亮出来了，狐狸的毛闪着银光，它们的身后留下了一串蔚蓝色的脚印。

“妈妈，人一点都不可怕呀。”

“你怎么知道？”

“因为我伸错手了，我把真的手伸出去了。可是帽子店老板也没有抓我呀，还给了我一双这么暖和的手套。”说着，小狐狸用戴着手套的两只小手啪啪地拍了两下。

“看你高兴的！”狐狸妈妈不敢相信地嘟囔着说：“人真的那么好吗？人真的有那么好吗？”

影子

新美南吉

月亮升到了头顶。树影黑黑的。屋顶好像一面镜子，白晃晃的。

从一棵树的树枝上，飘飘悠悠地掉下来一个东西。

那是一只在树枝上沉睡的乌鸦。当落到地面上的时候，乌鸦惊恐得睁大了眼睛，因为在它身下清楚地映出了一个影子。乌鸦还从来没有看到过这么清晰的影子呢，那影子简直就像个活物。

“哑哑，哑哑！”乌鸦对自己的影子叫道，可是影子什么也不回答，只是好像“哎，哎”地张了张嘴。

“你是活的吗？”

乌鸦问。

“我是活的。”

影子像是在回答似的张了张嘴。

“那你会叫吗？”

听乌鸦这么一问，影子像是回答似的说：

“不会，但是我会跑。”

“什么，你会跑？那咱们就比一比吧。我在天上飞，你在地上跑，怎么样？你看，小山那边不是有一片小树林吗？就把那里当作终点吧。”乌鸦说。

影子好像也在说什么，可是乌鸦根本不理睬它，做好了预备起飞的姿式。仔细一看，影子也做好了预备起跑的姿式。

“预备，砰！”

说完，乌鸦就飞了起来。影子也跟着跑了起来。乌鸦从天空往下一看，只见漆黑的影子在田垄上跑着，就像浪尖儿上的一片树叶，一会儿上升，一会儿下降，跑得相当快。乌鸦觉得自己好像要输了，所以拼命地飞。可想不到，影子也越跑越快。乌鸦心想，这可不行，就死命地拍打起翅膀来。可是，影子呢，也没命地跑了起来。最后，乌鸦用尽了全身的力气，像一只黑手套一样，飘飘悠悠地坠落到终点的地面上。影子也和乌鸦一起到达了终点。乌鸦上气不接下气地粗声说：

"一起到了。"

影子也好像是在痛苦地张开嘴说：

"一起到了。"

第二天早上，去树林里伐木的樵夫发现，一只乌鸦死在了林子旁边的草地上。

巨人的故事

新美南吉

巨人和妈妈住在离这里很远很远的一片森林里。

巨人妈妈是个可怕的魔女。她长着一只像秃鹫一样的高鼻子和一对像蛇一样锐利的眼睛。

一个明月当空的夜晚。

魔女和巨人刚刚入睡，就听见外面有人敲门。巨人爬起来开门一看，是两个女人带着一位少女，正站在门口。

一个女人说：“她是这个国家的公主，我们两个是她的侍女。今天，我们带公主去森林里玩，结果迷路了，就走到这里来了。求求您，请让我们在这里过一夜吧。”

这时，魔女从里面用十分温柔的声音说：

“家里很脏，如果你们不嫌弃，就请进来休息吧。”于是，三个人进到了屋里。

第二天早上，巨人醒来一看，两个女人变成了黑鸟，公主变成了一只白天鹅。是魔女施了魔法。

魔女不顾巨人的劝阻，把三只鸟从窗户扔了出去。三只鸟飞走了。可是到了傍晚，天鹅又悲伤地叫着飞回到魔女家来。巨人觉得天鹅可怜，决定偷偷地收养天鹅。白天，他把天鹅放到原野上；夜晚，让她睡在自己的床上。

随着巨人一天天长大，魔女渐渐衰老，最后终于不能走动了。于是，她天天躺在床上，教儿子施魔法，但都是一些把人变成各种鸟兽的魔法。

不久，魔女越来越衰弱了，眼看就要死了。如果现在再不学会解除魔法的秘决，那天鹅永远都不能变回公主了。想到这里，巨人凑近魔女的枕边，请求说：

“到今天为止，您只教会了我把人变成各种鸟兽的魔法，可是还没有告诉我解除魔法的秘决呢。请快告诉我吧。”

“好吧，我这就告诉你。”魔女说。可是这时候她已经奄奄一息了，声音小得像蚊子叫。

“妈，请您讲清楚一点！”

巨人把耳朵凑到了魔女的嘴边。

“只要那鸟兽一流眼泪，就能变回原来的样子……”

刚说到这里，魔女就垂下头咽气了。

巨人把魔女的尸体装进一口白色的棺材里，埋在了一棵椰子树下。然后，立即带着天鹅离开家，告别了森林。

巨人打算上京城。路上他努力想让天鹅流泪，于是敲她的头，拧她的屁股。可是天鹅一滴眼泪也没有流，只是凄凉地叫着。最后，巨人觉得她实在可怜，就忍不住把脸贴在了天鹅的脸上。此时，巨人的眼里充满了泪水。

巨人没日没夜地行走。离开家的第七天，他们终于到了目的地京城。然而，由于京城的人们都知道巨人是恐怖的魔女的儿子，因此都想乘机杀死他。他们选派了一个男人做代表，跑到国王住的宫殿里，这样对国王说：

“有位过路人曾经说过，国王的宫殿虽然很美，但美中不足的是没有一座大理石的建筑。我看您应该建造一座大理石的塔楼。”

“说得有理，那倒是不错。可是，什么样的地方才会有大理石呢？”

“从这里一直往南走，翻过一座山，越过一座沙丘，就可以到达一个部落。据说那里大理石要多少有多少。”

“是嘛，可是派谁去搬石头呢？”

“派正在京城的巨人最合适不过了。他的个子足有椰子树那么高，一迈步就可以跨过一座小山的。”

“好吧，把他给我叫来！”

巨人被带到了宫殿里。国王命令他去搬大理石。怕他逃跑，于是就在他的脚上系上了一条锁链，另一头拴在了宫殿里的大柱子上。

“好吧，我这就去！”巨人说完，又带着天鹅，向南方出发了。随着巨人越走越远，宫殿里剩下的锁链越来越短了。正好到了第十九天，拴在柱子上的锁链终于绷紧了。

也就在这时，巨人克服了重重困难，终于到达了有大理石的部落。部落里的人们都很热情，大理石有的是，他可以管够拿。巨人挑选了三块巨大的大理石，背在背上，又让天鹅落在上面，就踏上了归途。

京城里绷紧的锁链又松弛下来，人们一点点往回拉锁链。因为回程背着沉重的大理石，所以巨人走了三十天才到达宫殿。

艰苦漫长的旅程，使得巨人憔悴不堪，人瘦得像棵枯木。尽管如此，国王却不容他休息，命令他从当天开始，就在宫廷泉水边上用大理石造塔楼。可是，心地善良的巨人却既不哀叹，也不悲伤。他遵照国王的吩咐，日以继夜地手持铁锤和凿子，凿开大理石，然后一块块地垒塔楼。巨人工作的时候，还是让那只天鹅落到自己的背上。天鹅乖乖地落在巨人的背上。巨人一边挥着铁锤，一边就像对人说话似的说：

“怎么才能让你流泪呢？你若是不流泪的话，可就永远也不能变回公主了。我好可怜你啊！求求你，快点变回原来的美丽公主吧！”

每当这种时候，天鹅总是垂着头倾听巨人的话语，可是却没有流过泪。

巨人的工作进展很快。夜深人静，从大理石堆积而成的塔顶上传来的铁锤声，在京城的整个上空回荡着。人们入睡前总要打开窗户，朝巨人干活的塔顶眺望。那里的灯光就像天上的星星一样闪烁着光芒。

三个月过去了。巨人背回来的大理石全都用光了。塔楼比宫殿里的任何一幢建筑物都要高。可是国王还是不满意。于是，巨人又

一次踏上了奔赴南方的旅途。拖着长长的锁链，带着天鹅，在辽阔的沙漠里行走了一天又一天。巨人再次背着三块巨大的大理石回到了京城。于是，他又从当天开始，用锤子和凿子凿起石头来。

塔楼越来越高。

即使是在天空阴暗、不见星星的夜晚，也可以看到巨人的灯光像颗星星一样，孤零零地浮现。

一个有风的黄昏。京城里的人们和往常一样，从窗口眺望塔楼的灯光。灯光被风吹得左右摇摆着。人们这时才开始同情起巨人来。国王也从窗口探出头来，望着塔楼的灯光。呼啸的风中，隐约传来巨人的铁锤声。国王大概也对巨人产生了怜悯，他自言自语地说："这么晚了，还让他干活，太不应该了。他也太老实了。明天让他别再干了。"可是，巨人对此一概不知，仍在埋头苦干。他想，怎么才能让天鹅哭呢，让她变回到公主呢？突然，他想到：如果自己死了……于是，他对正趴在自己温暖的背上熟睡的天鹅说：

“如果我死了，你会不会难过呢？”

听了这话，天鹅猛地睁开眼睛，煽动了一下翅膀，如同在说：

“你可不能那么做啊。”

“你是说，我不能死，对吗？如果是这样，那我死了，你一定会流泪的。好，那我就为了你去天堂了。”

巨人站了起来，他把天鹅从背上放了下来。天鹅扯住巨人的衣角，想阻止他。巨人最后一次和天鹅贴了贴脸，说了一句：

“再见了，心爱的天鹅。你一定要回到原来的美丽公主的样子啊……”就纵身跳下了高高的塔楼，摔在地上，当场断气了。

天鹅不知有多么悲哀！眼泪像瀑布一样涌了下来。就在这时，魔法解除了，天鹅变成了原来的美丽公主。公主一边抽泣，一边顺着高塔的楼梯，跌跌撞撞地跑下来，冲进了父王的房间。

公主把所发生的一切从头到尾跟国王讲了一遍。国王听了之后，低头向巨人道歉，随后又向巨人表示了感谢。

很快，国王把这消息告诉了京城的人们。听了这消息，人们也都哭着向巨人认错。

巨人的遗体被月桂树叶覆盖着，安葬在京城东面的沙丘上。

公主时常对国王和王后说：

“我真想自己永远做一只天鹅，一直落在巨人的背上。”

至今，每当天空阴暗、只有一颗金星朦胧可见的深夜，南方的人们仍然仰望着天空说：

“那准是巨人的灯光。”

蜗牛

新美南吉

一只大蜗牛的背上趴着一只刚刚出生的小蜗牛。小蜗牛小得几乎看不见，简直就像是透明的。

“儿子啊，儿子，已经是早晨了，快把眼睛露出来吧。”大蜗牛叫着。

“没有下雨吗？”

“没有。”

“没有刮风吗？”

“没有。”

“真的？”

“真的。”

“那好吧。”小蜗牛脑袋上面悄悄地露出了一双细细的眼睛。

“儿子，你脑袋上面有个很大的东西，对吧？”蜗牛妈妈问。

“嗯，这个刺眼的东西是什么呀？”

“是绿色的叶子。”

“叶子？是活的吗？”

“是活的，不过不会把你怎么样的。”

“啊，妈妈，叶子梢上有个闪亮的圆球。”

“那叫朝露。漂亮吧？”

“好漂亮啊！好漂亮啊！圆圆的。”

这时，朝露突然离开了叶梢，掉到了地上。

“妈妈，朝露逃跑了。”

“是掉了。”

“它还会再回到叶子上面来吗？”

“不会回来了。朝露一掉下去就会摔碎的。”

“哼，真没劲。啊，白叶子飞走了。”

“那可不是叶子，是蝴蝶。”

蝴蝶从叶子和叶子之间穿过，高高地飞上了天空。当蝴蝶不见

了之后，小蜗牛问：

“那是什么呀？叶子和叶子之间，远远可以望见的那一片是什么？”

“是天空。”蜗牛妈妈回答说。

“谁在天空里呢？”

“那妈妈就不知道了。”

“天空上面有什么东西呢？”

“那我也不知道了。”

“哼！”小蜗牛使劲儿地伸长了细细的眼睛，久久地望着远处的连妈妈也不知道的奇妙天空。

送给孩子们的经典美文

《365夜童话》
《安徒生童话》
《父与子（全彩畅销版）》
《格林童话》
《经典神话传说》
《三字经》
《世界著名童话》
《唐诗三百首》
《一千零一夜》
《伊索寓言》

图书在版编目（CIP）数据

去年的树 / (日) 新美南吉著 ; 彭懿, 周龙梅译. 一长春 : 吉林美术出版社, 2015.9（2021.5重印）
（美绘经典系列）
ISBN 978-7-5575-0155-6

Ⅰ. ①去… Ⅱ. ①新… ②彭… ③周… Ⅲ. ①童话－作品集－日本－现代 Ⅳ. ①I313.88

中国版本图书馆CIP数据核字(2015)第209453号

美绘经典系列　**去年的树**

作　　者　[日]新美南吉
译　　者　彭　懿　周龙梅
绘　　者　杜　斌
出 版 人　赵国强
责任编辑　栾　云
编　　辑　杨　溢
开　　本　787mm×1092mm　1/16
印　　张　12
版　　次　2015年9月第1版
印　　次　2021年5月第4次印刷

出　　版　吉林美术出版社
发　　行　吉林美术出版社
地　　址　长春市人民大街4646号
邮政编码　130021
电　　话　0431-81629549
网　　址　www.jlmspress.com
印　　刷　吉林省吉育印业有限公司

ISBN 978-7-5575-0155-6　　定价：29.80元